U0108234

還好陳珊妮的書

還好 陳珊妮的書

尋找自己的房間系列2

作者	陳珊妮
責任編輯	林馨怡
執行編輯	黃秀連
美術設計	李孟融　游筆文
發行人	何飛鵬
法律顧問	中天國際法律事務所蔡兆誠律師
出版	商業周刊出版股份有限公司
	台北市松山區敦化北路62號10樓之1
	電話：(02) 8773-6996　傳真：(02) 2711-0454
發行	城邦文化事業股份有限公司
	台北市信義路二段213號11樓
	電話：(02) 2396-5698　傳真：(02) 2357-0954
	劃撥：1896600-4
	城邦文化事業股份有限公司
香港發行所	城邦（香港）出版集團
	香港北角英皇道310號雲華大廈41樓，504室
	電話：2508-6231　傳真：2578-9337
印刷	一展印刷事業股份有限公司
總經銷	農學社
	電話：(02) 2917-8022　傳真：(02) 2915-6275

行政院新聞局北市業字第913號

1999年8月初版

Printed in Taiwan

售價／300元

版權所有‧翻印必究

ISBN　957-667-416-6

從来不是此歌的女生陳珊妮，卻在夢中跟劉德華攀岩，
又跟兩百磅的王菲同台演出，直讓人嫉妒。
我的夢來不及醒過來，已經忘記得一乾二淨。

而乾淨的人不見得有福。

來不及接聽的電話，是誰打來都沒有分別，
沒有不容錯失的留言，沒有特別期待的人。

來不及刷卡付款，買下的東西已經提不起興趣帶回家。
來不及迷戀的偶像，天一亮就變成普通人。
來不及好奇，欲望已經消失。
甚至貞子也來不及從電視機爬出來，恐懼已經給克服。

陳珊妮說：「其實我很瞭解，你離不開煙，
我是你的幻覺，煙沒什麼缺陷」（「抽煙」），
我說，幻覺有什麼壞，日子一天天過去，
世界一步步通透，缺陷多，期望少，
能夠讓人上癮的事情，最好不要隨便把它戒掉，
有離不開的東西，就應該來不及沈溺。

我不怕來不及，只怕預言成真，世界末日從99年7月開始，
竟然覺得來不及的一切不是損失。

幸好那個晚上，趕去女巫店看陳珊妮表演，時間倉促，汗流成河，
來不及了，來不及了，事後有種茫然若失的遺憾。
有期待，才會覺得損失。
這樣久違的感覺，來不及感謝陳珊妮。

林夕 歌詞創作者

半年前

　　陳珊妮這三個字對我而言，幾乎是一片空白。
雖然認識她的時間這麼短，卻自以為對她的瞭解，長的可以寫一本書。

當陳珊妮走進公共場所，坐下來到離開，如果你沒看過她，
絕不會知道她的身份，因為名人所不自覺流露出的名人意識，
在她身上是看不到的。

陳珊妮雖然憤世嫉俗，但如果跰到俗氣的事，她不會把事情搞砸，
讓人難堪；她會很技巧而又不圓滑的處理這種緊張關係。
相對的，當她跰到喜歡的人、事，又會主動而不設防的去親近他們，
她自信而不自大，入世又能有出世的境界，四平八穩的遊走各地。

這半年來，我不經意的在電視、電台上聽到她講話，
主持節目也好、被訪問也好，她言簡意賅、不講廢話，
表情、用詞，都不會去討好媒體、聽眾，
甚至在語氣、語調上，也擺脫了廣播音故意字正腔圓的做作現象；
簡單說，她講話就像在家裡跟人聊天，
沒有人工色素或炒菜一定要加味精。

陳珊妮的音樂，就跟她的人一樣，剛剛好。
它沒有流行音樂的媚俗、民歌的矯情、另類音樂的臭屁，
她的音樂不是速食麵，更不是膚淺的感官刺激。
聽她的音樂，你別猴急，雖然她唱了首「來不及」，
你卻可以慢慢細聽，就算過了幾年，
你重聽或是第一次聽都「來得及」的。

上面就是這半年來，我對陳珊妮的認識，如果比我早認識她的人，
看完我寫的推薦序，說：「不對吧！陳珊妮以前不是這樣子的。」
那不重要，現在我看到的她，就是這麼樸實、內斂、成熟、穩重。

 友人甲

早上起來發現偶像就睡在旁邊

偶像做任何事都有一股獨特的魅力
偶像吸地毯時身體屈成45°角　有點像貓咪見到狗兒時防衛的體態
偶像在認真的抵抗頑強的灰塵髒物

偶像刷牙時還可以同時做好多事情　看電視　彈吉他　搖呼拉圈
除了吃東西之外
偶像的睡眠安穩度極好　如果沒有火災　颱風　或七級以上地震等
太多意外　通常三分鐘內就可呼呼入睡

偶像的命滿好　一些親人好友同事都很支持她的想法與作為
但偶像不太相信命理這回事　有趣的是一些懂算命的人看見偶像時
通常都會大吃一驚　連鐵口直斷都不敢輕易開口批命　大概他們已算
出就算講了偶像也不會買帳　偶像非常鐵齒

偶像的偶像通常都滿有才氣　但不幸的是這些偶像的偶像有的已英年
早逝　有的卻還在國外遙不可及

我比較幸運　偶像就睡在我旁邊
偶像不像偶像
她很誠懇的創作些東西與大家分享
我很誠懇的推薦我的偶像

Arthur 阿吉 老公

1999年7月2日

0 0 6

我是陳珊妮

是這個 ──→ 珊 不是那個 ──→ 姍

把人家的名字寫錯是很不禮貌的事

我爸會很生氣

我不能對不起我爸爸

12

好久根
你好嗎!

18

常以為
睡一覺起來

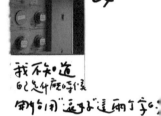

24

我不知道
自己什麼時候
開始用"遠"來這兩個字

30

大家越來越喜歡
用模糊籠統的字眼
形容身邊的事物.

34

台北市忠孝東路
和延吉街口
開第一家starbucks

38

這次為了製作
Annie
的新專輯

46

如果
你可以一個月
不講髒話

50

命運常常叫書到
中午12多
才起床

56

接連好几個晚上
都睡不著

70

早上起味

我采裡切的肚子痛

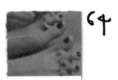

64

第一次

和人討論起

字眼選擇的問題

74

在高級

餐廳裡面

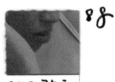

88

從事歌手

這項工作以手

82

每一次在歌唱

演唱

配創作的作品

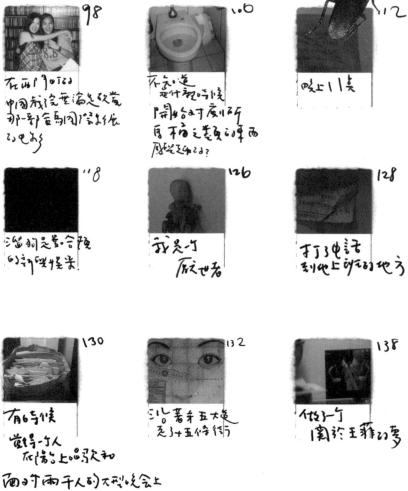

98

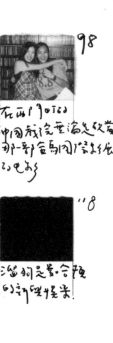

在两门口的那个
中国裁后无满怎欣赏
那部合易同学的低
的电影

100

不知道
是什麼时候
开始放映门所
有不信之甚至的时两
庆龄是什么呢?

112

略上11点

118

溜狗是数合险
的新候候类

126

我是一个
厌世者

128

打了电话
到他上班的地方

130

有时候
觉得一个人
在街上唱歌和
两叶两千人的大型晚会上
表演毫无差别.

132

沿着幸五大道
走了十五条街

138

做了一个
关於王菲的梦

142

十八歲以降
和十分確定

好久不見 你好嗎？

我不能在多年後的第一次會面中提到
"我很想念你""你一點也沒變"之類
的話　　我們不握手也不擁抱　　不說
太多話只是思考--思考如何解構完美

013

我的手非常冷　　冷到極限後才察覺到自己的血壓只有三十　　還必須攝取大量的咖啡因　　我喜歡在早上來點凍頂烏龍茶　　下午酌卡布基諾　　冬天的晚上除了喝茶之外沒別的事可幹　　夏天的半夜就來點可樂　　我懷疑是不是該去買一些含咖啡因的香水或是化粧品　　我完全對咖啡因上癮

偶爾也沉迷酒精　　但不適合經常使用　　酒精令人暈眩　　而且提醒我有一個不快樂的胃　　我不喜歡所有打擾式的提醒

左腳痛了很久了　　走路的時候身體不自覺的右傾　　我不喜歡成為右傾的人　　所以經常有受傷的感覺　　因此剪了頭髮　　好讓我有多餘的精力專注在自己身體的不適

他注意到我頭髮剪了　　因為他的眼神甚至是一副從來不曾認識過我的樣子　　非常好　　頭髮製造了一種出其不意的自然尷尬　　我們有五秒鐘完全不需要給予對方任何反應--完全不需要假裝驚訝　　我不知道什麼時候該說話　　那是因為選擇字眼實在太困難　　我甚至可以感覺到自己乏味的程度　　幾乎讓一件弄髒的白洋裝非常沮喪

我一面試圖留住兩人之間曾經歷的良好關係和愉快回憶　　一面又有計畫的運用各種現實手法破壞它　　破壞完美的代價非常大　　大到讓人喪失曖昧

我畢竟太瞭解自己了　　除了極端幼兒式的發洩之外　　此時此刻我還懂得做什麼呢他至少有超過我十年以上的經驗了　　不但可以清楚的掌握我即將乏味的時間　　還可以進一步促使我表現乏味

我幾乎不說話了　　一旦喪失掌握情緒的能力　　不說話可以阻止一切完全崩潰

一定有比自毀更好的方式可以留住一些東西

我卻急促的傷害著自己

我可以和你交換靈魂　　但絕不洩露一點秘密

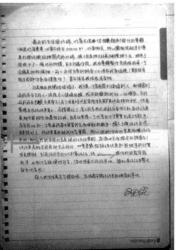

一定有種東西可以製造英文　法文　國語　廣東話之間完全相同的錯覺　像是穿一件好看的裙子　讓滿街的男人向我要電話號碼　還一邊強調不是為了自己的身體或他們的興奮才穿了這條裙子　而是為了讓裙子上一隻銀色的龍有所表現的機會　另外剩下的原因是想更接近...

更接近什麼呢　我並不確定那是什麼

從明天開始我只想多吃些維他命　只喝點少量的水　買包美國香煙　改變對生命的看法　或許叼根煙站在讓你幾乎看不到的角落　是的　我將繼續傷害自己但絕不帶給你們任何不幸

一定有比自毀更好的方式可以留住自己吧？

擴大－衰老－死掉

夏宇說對了　真是

希望你先衰老我先死掉　　至於逐漸在擴大中的　　還不知道該怎
麼處理才好

終於你還是說了

"妳好嗎"　向我握手

我覺得今天非常接近死亡

丟了我的靈魂　　始終不洩露一點愛情

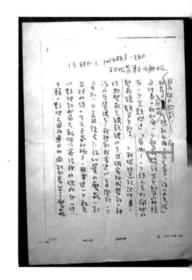

常以為睡一覺起來　如果運氣夠好看到了太陽　一切惡運即將就此打住　不過昨晚做了一個關於流血的夢　醒來時的感覺　彷彿回到小時候做錯事被關進廁所的情景　很多人都從那個時期開始接觸幽閉恐懼　除了偶爾可以在眾人面前賣弄自己和伍迪艾倫從此有了共同點之外　這實在不是什麼值得花時間炫耀的事

想起你說要教我英文這件事　讓我十分的困窘　尤其你的表情嚴肅　看起來不像是隨便說說客套話　特意表現熱心助人的樣子

是的　我幾乎忘了這是一個大家都該說英語的國家　也提醒我原來你說了一口非常流利的英文　當然你也還不忘禮貌性的表示其實下星期是個學中文的好時機

我開始討厭這個大家都習慣使用的語言
（太好了　　除了任性之外　　我的性格不但毫無特色
當然更談不上優點了）

昨天早上抱了一堆衣服到樓下
洗好　　準備把它們丟進烘乾機
才發現並非全世界的烘乾機都
有透明的門　　那我該怎麼知道
衣服到底烘得怎麼樣了呢

這感覺具有超高警戒性　　但是
誰說烘乾機非得具有觀賞價值
不可呢　　我就是想把整件事情
弄清楚　　就像凝視一個健康成
人的器官運作一樣　　說英文和
說中文的人的器官運作方式應
該沒有差異　　大致相同的　　我
不想再追究關於零件的事情
那會讓我很傷神

反覆聽著Jeff Buckley的新歌
說是新歌倒也令人費解　　因為
他已經死掉一年了　　只知道他
唱著 ‥very sexy　very
sexy okay okay‥　旋律
很動聽容易記　　就老是重複放
著這首歌　　後來才發現可能是
因為這幾個字實在太簡單　　如
果換作是一些很希臘神話人名
的英文單字　　我可能會去揀有
簡單字彙的其它歌曲來聽　　越
想就越覺得okay okay是兩個
非常損人的雙胞胎惡魔　　或許
我該找些演奏曲來聽聽　　不過
這附近一首這樣的歌也沒有
顯然我非常的依賴人性

我極端依賴來自其他人
類的安慰

舌根不知怎麼的破了一個大洞　　在它消失之前　　我想我既不
適合進食　更不適合接吻　可能也不適合說話　藉著一個洞
做一些遠離世俗的事　　這種理由會不會太荒謬

在你想笑之前　　我得先去吃點維他命　　包括一顆多種維他命
一顆B群　　兩顆含豐富纖維的便泌藥丸　　排泄總是比所有的
事情來得重要　　必須用大量的水才能服用這些藥丸　　因為它
們十分巨大　　每個似乎都長達兩公分　　你應該不會想知道它
們的寬度和高度了

吃維他命是為了宣告一天的開始　　它的功能並不包括阻止惡
運的發生

正在聽著Thanks to gravity的專輯　我昨天把它買回來了　在此之前　我每天都會到Tower Records的試聽架上把它從頭到尾聽一遍　現在花十七塊美金買回來了　反而有一種很失落的感覺

不太確定那是什麼　我不確定的事情太多了　可能要等到我三十七歲的時候才能瞭解其中的訊息或意義

一定有什麼是在我這樣年紀能夠掌握的東西吧　我必須試著找出來　但不會是在這個早上

這個早上我想太多了

我不知道自己是什麼時候開始用¨還好¨這兩個字的
直到有人提醒我：
¨妳不要老是說還好　好就好　不好就不好...¨

但是這兩個字就像蟑螂一樣　　迅速在嘴邊繁殖起來

今天喝了一杯加了奶精不加糖的美式咖啡　其實還好　反正在這種不冷不熱還
好的天氣下喝一杯卡布基諾　恐怕也是還好吧　突然想吃點叉燒飯之類的東西

結果倒是吃了一片巧克力餅乾　　還好　雖然得吃點鹹的　但是太甜的東西也
沒什麼大礙　每個月花一筆錢買越來越多的CD　　聽些還好的音樂　即使不聽
它們也無所謂

我真的很愛他嗎　如果不和前任男友或是後面的先生相比較　大概就是還好吧
這對情人來說或許是種很差勁的字眼

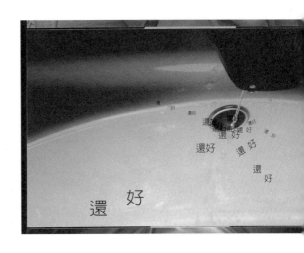

我今天的態度很令人厭煩嗎　　沒罵人也沒說謊　　你不覺得我今天看起來還好嗎　　不知道該穿長褲或短褲才好　　索性把短褲穿在長褲的外面　　或許你不諒解的是我這種還好的打扮　　或許由你來決定這種類似服裝的問題吧

今天沒吃藥　　是有點不太舒服　　但是沒吃藥也還好　　倒是對面走過一個穿著咖啡色短袖T恤露著一截粉紅長袖子的男生　　　我以前挺討厭不和諧的色彩尤其純白色配上米色很是讓人惱怒　　但是那對粉紅色袖子現在對我來說一點意義也沒有了　　如果沒有人問起　　我甚至連還好都懶得說

每天看著鏡子裡的黑衣服　　它們之間只有極細微的差別　　我習慣把一件比較炫目的黑衣服和一件特別粗糙的黑衣服做搭配　　於是創造了一種還好的穿著風格

頭髮有些自然捲　　總是有人勸我把頭髮燙直算了　　不過現在看來也還好　　這一陣子就儘量維持這種還好的髮型吧

今天晚上原本買了票要去看Sonic　Youth演唱會的　　突然就意興闌珊起來看了感覺不過就是還好　　如果站的位置不夠好　　或是前面突然冒出一個籃球員　　那就連還好的字眼都使不上了

太陽一下山空氣就有點涼　還好　總染不上感冒什麼的

刷了層厚厚的睫毛膏　真是一種還好的產品　出了一公尺外就完全感受不到它的存在　是因為今天遇見了悲傷嗎　還好　流不出什麼淚來　你客套的問我的心情
"還好　和昨天差不多"

一個人站在路口寫點亂七八糟的東西　沒有人投以異樣的眼光　或許我看起來果真是一副還好的乏味模樣　想想今天該幾點回家呢　不就是十點左右這種還好的時間嗎　不會在外頭遊盪太久　也不至於在家裡無聊到死的十點吧　這篇文章打算繼續到什麼時候呢　如果願意當然可以永無止境的寫下去　不過我可能會找個機會停止它　然後終於變成一篇長度還好的東西　使用了一些還好的措詞　有一個還好的主題　印在一些還好的紙上

我其實很想中斷這些關於還好的敘述　但是"還好"這個邏輯卻緊壓著我　基本上寫作不像音樂或圖像那麼令我沉迷或興奮　充其量只是一個還好的休閒兼副業罷了

這個還好的人生會持續到什麼時候呢　還好　會維持好一陣子吧　反正也沒什麼衝動想幹點大事情　像是弄個很好或是很壞的新聞上報紙之類的計畫

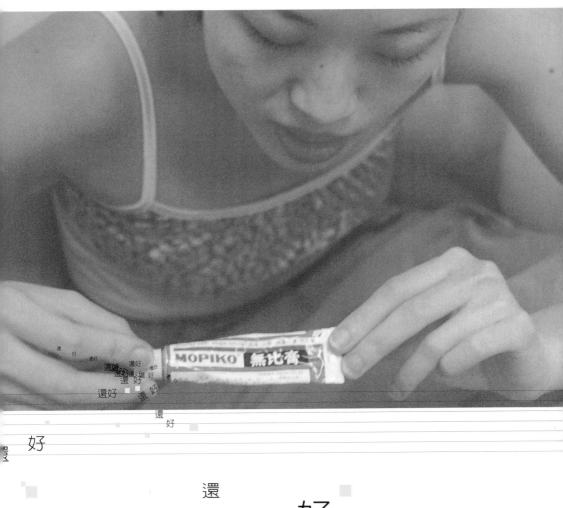

隔壁男生的煙全吹在我臉上了　　怎麼辦呢　　在開放的空間被煙包圍
也是一種還好的印象　　　就持續這樣一個你抽我吸的氣氛吧　　　還好
就這樣一個看夕陽的時辰　　死不了的　　男生走了　　只留下一種還好
的失落

天氣真的有點冷了　　　不該站在唱片行門口的　　　可能得進去買個唱片
之類的　　　不該花太多錢買些還好的唱片的　　　不過不買些還好的唱片
不就拿這些錢吃一盤還好的叉燒飯嗎　　　如果我同時買了還好的唱片
又吃了還好的叉燒飯　　　也不至於影響到往後的生活　　　畢竟我是一個
戶頭裡還有一點錢的中產階級人士　　"中產階級"　　不高級也不低級
不又是一個還好的人種嗎

一個還好的女孩說著一口還好的英語　　　你或許不太瞭解這種痛苦吧
特別是身旁來了兩個人　　他們熱烈的交談完全困擾了我

我是"還好"人物的典型嗎　　八點多　　回家是不是太早了　　也還好
頂多是早回家　　早睡覺　　早起床而已

然後呢　　我就在八點多這個也還好的時間回家　　一路上沒有什麼刺
激的事發生

還好還好

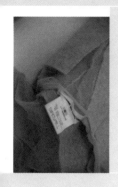

大家越來越喜歡用模糊籠統的字眼形
容身邊的事物

就拿音樂來說：

˝這個團體非常的年代搖滾˝
˝這種聲音處理很八０年代˝

天曉得是怎麼回事　感覺上就好像把整個七０年
代音樂摺成一件小小的比基尼內褲似的　八０年
代則不幸的變成一條鬆緊帶壞了的四角褲　總之
人們對曖昧上癮

˝這衣服質感很紐約˝

偏偏東村女孩的背心後面露出一截made　in
China的標籤　即使用美金交易就顯得很美國
該怎麼辨識所謂很紐約的情調呢

COME
IN MY
HOUSE
I WANT
TO HURT
YOU!

前幾天買了本英國雜誌　倫敦進口　叫做 **I-D**
內容包括服裝　音樂　電影　科技　藝文活動等
等不同領域的最新資訊　反正又是一副忍不住要把
下個世紀濃縮成一顆多種維他命的樣子

先是花了十分鐘把整本雜誌胡亂的瀏覽一遍　只看
了看圖片和一些有趣的廣告（包括試聞一種女性香
水）　然後才開始對這本雜誌的文字認真起來　閱
讀的過程十分耗電　我必須把房間裡的三盞燈全部
打亮　然後找一隻綠色的尺對準正盯著的那一行
免得一不小心就跳過整篇文章

這恐怕是史上字體最小的雜誌　非得每隔三分鐘凝
視遠方一次　每五分鐘再做做眼球運動　二十分
鐘以後除了發現九個錯字和八個常見的文法問題之
外　更進一步體會出這些遠在倫敦洞悉時尚的編輯
群所要傳達的正確訊息應該是：

Don't　Read　It!

大致說來這些字母的用途是在於美化版面　反正照
片都大的要死　約佔了整本雜誌三分之二以上
如果覺得不去讀它很划不來的話　了不起就是把照
片多看它個五六遍吧　一旦理解這種時髦的閱讀方
式　整個夜晚都顯得舒暢許多　直到某天有人問
我　這是本什麼樣的雜誌　不小心脫口而出：
很英國的雜誌

我才真正感受到七０年代比基尼小內褲　以及八０
年代四角褲的設計概念

october
issue no.191

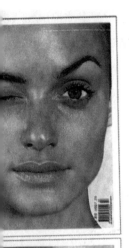

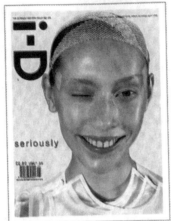

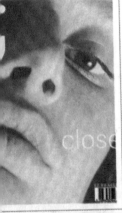

august
issue no.189

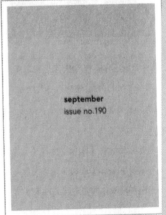

september
issue no.190

SPECIAL READER OFFER

The first 50 new subscribers to i-D will receive
a free copy of Danny Rampling's CD, *A
Decade Of Dance*, out now on Virgin. See
Essential Releases on P168 for a full review.

november
issue no.192

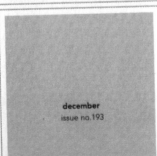

december
issue no.193

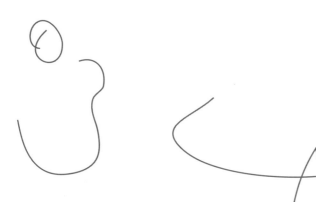

台北市忠孝東路和延吉街口開了第一家Starbucks

天天客滿　　延續到午夜還熱熱鬧鬧塞滿一屋子人　　週末的下午則有人站著就喝起咖啡的　站著喝咖啡帶有一點角色錯亂的味道　感覺鬼祟

朋友幫我佔了個位子　　朋友就該儘量做些佔位子的事情　　當然停車的時候例外

不知道是人太多還是怎麼的　　室內的空間顯得狹小　　氣氛卻是沸騰　　非得要提高音量說話不可　　比起南區的任何一家Pub毫不遜色

想起生平去過的第一家Starbucks　　在紐約　　往往在步行到St. Marks買CD的途中　　因為總要經過這裡就不得不消磨一杯咖啡　　找一個可以清楚看到目的地的靠窗位子　　邊喝咖啡　　邊凝視著地鐵站出口　　尋找一種最適合今天的表情　　那時候門面正在裝修　　眼前的大窗戶被施工的鷹架切割成數個不同大小的畫面

隱隱約約彷彿看見成天躺在路上要錢買啤酒的那對龐克　　同樣時間　　同樣地點同樣的打扮　　姿態　　極度刻板　　像是制服特別的一對上班族　　可惜看不見他們今天頭髮的顏色　　無法斷定目前的心情

Printed in the USA.

Made from 100% recycled fibers.
Minimum 30% post-consumer material.
No bleach was used to make this napkin.

常常就是胡思亂想　一陣傻笑之後就滿意的離開　如果想起什麼該寫沒寫的
東西　就多叫份點心　直到點心的口感佔滿整個思緒之後　再喝另一杯咖啡
察覺到身旁的人很猥褻就離開　想起來　前幾天預定了一卷Nirvana演唱會
實況錄音的卡帶　忘了去拿

回程的路上太陽就要下山　又經過這家Starbucks　臨時決定進去買杯熱茶
放進牛皮紙袋　還不忘記在杯子附近圍上一堆面紙　盡一切力量防止它冷卻
走到不遠處的Tower　Records　快下班了　邊看他喝著熱茶邊聊天　自己
都變得暖和些

雖然他不喝咖啡　自從發現可以到Starbucks買茶之後　我們就可以拿相同
的杯子暖暖手　聊些無所謂的事

喝完沒多久就又冷了起來　他遞來一件黑色大毛衣　剛好搭配著黑裙子　我
也就不堅持對毛衣的抗拒　他穿著黑色皮衣緊緊擁抱著黑色的我　算是道別
兩個人的身影形成一股濃得化不開的愛慕　成憂鬱　成為一個小黑點

是台北Starbucks桌上殘留的煙灰

胡亂喝掉了桌上的咖啡　不小心就在這裡坐到了天黑　熟人很多　倒也沒什
麼不適當的巧遇　窗外塞車極厲害　這個角落看不見太陽下山

80元一杯的咖啡　思念的價格不貴

我不一定會常來　這裡倒有可能天天客滿

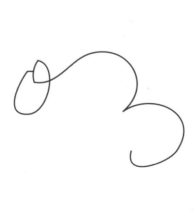
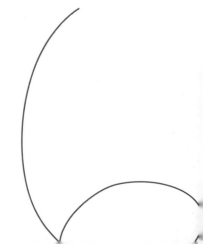

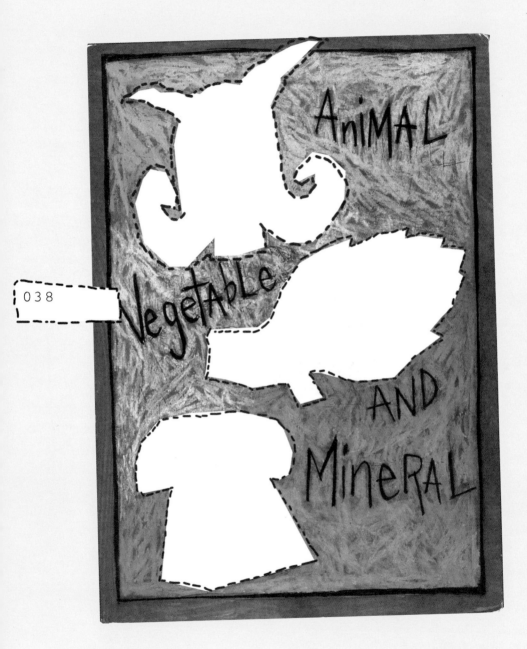

038

這次為了製作Annie的新專輯

記得在華納參加開案會議的時候穿著一件五年
前買的Loris黑色長大衣　　才能在攝式九度低
溫下從容的和高層人士開會　　　一旦穿上這件
黑色長大衣就不免一陣暖烘烘的自以為高深莫
測

專輯完成的時候居然都穿起峇里島買的細肩帶
洋裝　　背部曬傷的痕跡形成三個漸層

每天下午到汐止康寧街的強力錄音室　　　要經
過一條塞得人人莫名其妙的中興路　　　然後花
上三十分鐘辱罵汐止鎮長（當然在初期是先花
上二十分鐘思考替代道路）　　　進入位於工業區
內的錄音室方圓百里內毫無有趣生物跡象
每天有大半的時間必須在此度過

40°

其實錄音室滿奢侈的　　無論是沙發音響開飲機都很容易讓人有類似濃烈
睡意的幻覺　　被沙發同化無關種族主義也不是什麼丟臉的事　　便當好吃

Annie的專輯有個不高不低的製作預算　　做起任何決定就比較...怎麼
說呢　　有其必要性　　我決定在強力錄音是因為Paul只在這裡工作　　預
算數字好　　一切都會顯得慎重起來　　錄音師好　　製作人的精神狀態即
佳　　這其中有著無法抗拒的必然性

找Paul合作倒沒有經過什麼很理智的決定　　反正就是決定了　　和髒話
使用的頻率毫無關係(但是不能否認的　　他的確善於用髒話敘述一些極
美好的事物)　　我們可以坐下來聽一首歌　　分享一則笑話　　瞭解同一種
沉默

我們在工作上遇到的問題都是象徵性的　　回答全是禮貌性的

這些年來我們多少都變了　　不是我剪了頭髮　　他染了頭髮之類的事
Paul開始戒煙　　抽著一種叫做Nonico的草本替代品　　味道像極了大麻
多多少少讓人產生幻覺

在收工的晚上　　胃裡的鰻魚便當還翻攪著不能消化　　Nonico的氣息充
滿了整個肺　　而心　　卻好像被擠壓得全沒了知覺

只有腦意識到心的困窘

˙˙Paul　　謝了˙˙　　腦子掌管說話的那一塊大約是壞的　　於是為這次的工
作下了這麼個普通的結論　　從那一刻起到現在　　我始終後悔自己不夠煽
情　　明明我是那麼想要激動的表示感謝　　在情緒的表現上我真是一個遜
色的業餘者

以為重要的時刻已經結束　　Paul又補上一句˙˙祝妳一切順利˙˙

曾幾何時我們變成了這麼藝術電影的兩個人　　在重要的情節　　說不上兩
句話　　看似拙劣的肢體語言交待了高格調的意識形態　　還明顯被剪了幾
刀的感覺

我不只在情緒表達上是個遜色的業餘者　　在被人誤解的程度上還可能稱之為專業人士

比如說：　可能有人會誤以為我是一個專門拿路邊野狗出氣的歌手　　當然不至於餵它們吃有毒的披薩之類的東西(但是不包括過期一個月的起士在內)　　至少也會穿3680一雙的義大利高跟鞋把所有黑狗的右後腿踢彎　　原因是這家義大利皮鞋公司只生產了黃色系列　　我一向非常注重色彩的和諧　　這只是一般大眾針對休閒生活的片面印象　　其實我非常擅長取悅狗類朋友　　特別精於示範跌倒　　其中最高興的莫過於黑狗兄了　　絕對不只是它們的牙齒特別明顯的緣故　　而是真正從我的即興跌倒表演中得到精神上的啟發　　我其實是這樣的一個人

其次像洗衣服　　不是炫耀自己分辨顏色　　材質　　式樣的能力就可以把衣服洗好的挑選大小適中的洗衣袋是必須慎重看待的事　　最重要的是得親自去洗　　親自去曬然後在清潔浴室方面　　去霉劑的使用...

解釋太多了

不知道世界上有沒有一種行業是專門替人解釋清楚被誤解的事　保證不會留下一些新的誤解的

可以不讓我花上二十分鐘向一個陌生人說明　　二號染髮劑和三號染髮劑在不同的髮色上甚至劇烈的陽光下所形成的不同層次感　　以及 "我這不是刺的" 　　對　　是貼紙　　瑪丹娜唱片party上的贈品　　不　　我沒有去　　別人留給我的　　是　　一個花樣只有一個　　我手上這一個就是　　用掉就沒了　　要看你用的肥皂廠牌而定貼了很久了　　我不見得每天都在手臂上抹肥皂　　對　　會乾燥　　我都用保濕沐浴乳

不會呀　很好用　要去買那種海綿　對　這樣很省　你要坐下來洗　郵購目錄
上就有那種架在浴缸上面的椅子　對　普通浴缸都可以用　很方便　對　目錄
被我丟掉了　管理員應該把第四台節目表和外送披薩DM和郵購目錄留下來　管理
員很多個　一個月兩千多塊...

告訴每個人　其實我最近就要變得很無聊　請多打電話給我

很喜歡你才扁了你幾下

換個髮型沒什麼正經的原因

我不是怎麼太酷的人　"酷"在我的思考邏輯裡比較像是"性無能"的引申意義

所以我非常同情查理布朗　嫉妒又愛慕著史奴比

我是這樣一個經常被誤解而因此感到痛苦的人

該怎麼說呢？

"Paul　這次合作簡直就像喝杯好咖啡"

"Paul　而且　就像　紅茶一定比綠茶好"　口感的差別不見得有那麼大　但是
色彩帶來的心理影響甚巨

天啊　我到底不適合再多說什麼了

"如果你可以一個月不講髒話　我就會考慮和你交往...

"那...能不能用其它字眼代替...像是香蕉　蘋果之類的..."

深夜一兩點的第四台節目總是很顛覆　連電影台的港片都會跑出這種對白　再更晚一點的節目就實在不尋常　難得找到幾個穿衣服的女演員不說　連歌手的眉毛都是粗粗怪怪的　重播的新聞和談話性節目　都變成像是綜藝節目的嘲諷模仿秀一般

用香蕉代替髒話倒是滿不錯的想法

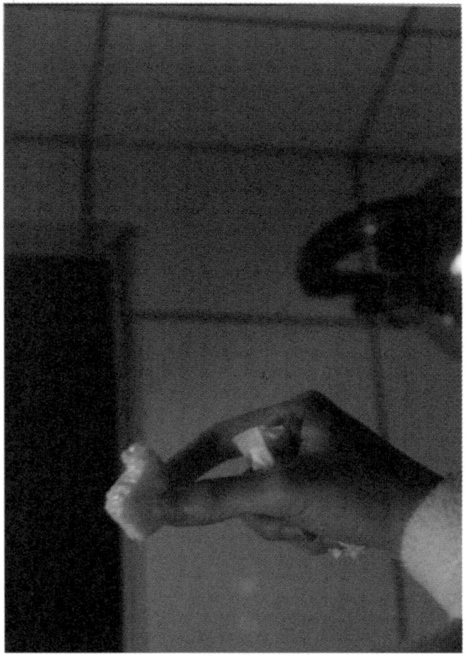

048

下次再遇到那個討人厭的記者　　就可以在他剛把下午茶小甜點塞進嘴裡
的一剎那　　當場罵他一句
"你香蕉!"
他肯定是一臉的不得體　　不確定小甜點們究竟發生了什麼事　　香蕉聽起
來的確感覺滿技巧的　　我還要努力往腐爛再多想一些

但是下次要叫老公在路上順便買點香蕉回來吃的時候就為難了　　怕弄壞
大家的心情　　只好以"條子"代替
"老公　　順便買點條子　　要那種看起來有黑點的比較好..."

如果真的碰到討厭的臨檢　　大家難免對"條子"失去警覺心　　而聯想到水
果口味無用的東西　　所以非得用"立可白"代替不可
"喂　　前面有好多帶槍的立可白..."

若是要和隔壁借立可白用用可就麻煩了　　情急之下想到用"虛脫"代替
"你的虛脫借我一下..."

萬一那天真的拉了肚子　　要博取他人的諒解與同情　　"虛脫"又變成無關
緊要的奢侈品似的難以引起共鳴　　不得已只好用"裸體"代替
"拉肚子拉了一天　　拉得都裸體了"

所以第四台的意思是說：髒話是無可替代的！

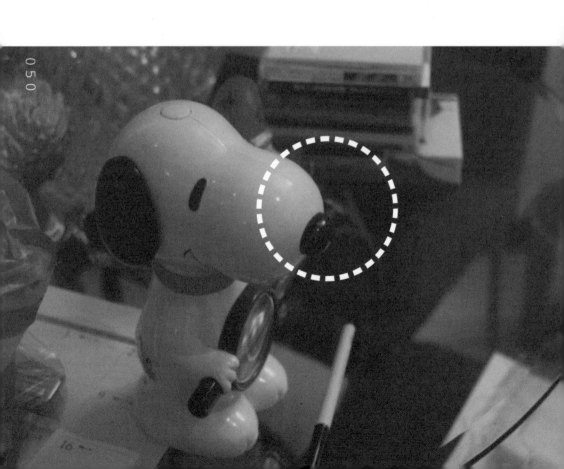

最近常常睡到中午12點多才起床　　　醒來的瞬間總是一股濃
烈的失落感

˝白天都過完一半了　真遺憾˝

刷牙刷啊刷的　　就想著：明天還是撥個鬧鐘　　別浪費了大白天比較好　　都怪史
奴比不聲不響就壞了　　　一陣精神抖擻的號角聲中　　　史奴比喊著˝Good
morning　wake　up　wake　up...˝　於是很幼稚的醒來　　連口臭都顯得夢幻
許多　　　如今史奴比壞了--其實也只是鬧鈴的部分故障　　報時的功能十分精確
外觀像是大鼻子　　大耳朵等等也完全正常　　丟了未免太可惜　　想拿去外面修理
搞不好修理費要比鬧鐘來得貴　　就想暫時先放著　　等拿定了主意再說

沒鬧鐘的日子實在可怕　　中午12點多
醒來　　雖然沒什麼非在早上進行不可
的事情　　卻覺得白天已經進行到下半
段了　　我的時間觀念總認為在早上6點
到中午12點之間稱為白天的上半段
這時候醒來表示積極與充裕　　如果在
12點之後醒來　　就彷彿時間所剩不多
這完全都怪數學教育中要命的 ˙˙四捨五
入法˙˙　　總認為26歲比起24歲老了很多
似的　　一個五元硬幣要比四個一塊錢
有價值得多　　反正生活失序與不協調
的原因多半來自致命的 ˙˙四捨五入法˙˙

想想白天既然已經接近尾聲　　就不再
做無謂的糾纏和掙扎　　12點半打開洗
衣籃　　看著裡面的髒衣服　　然後聽自
己說著：太陽就快下山了　　已經是下
午了　　不如明天再洗你們吧！　　走到客
廳打開電視　　如果不小心轉到股票台
就會更堅決的認同自己的想法　　打開
冰箱拿出優酪乳的時候也很惆悵　　明
明是屬於早餐的飲料　　現在喝起來也
不會有那種早上充滿希望的喜悅感了
不如再放回冰箱　　免得明天不小心早
起　　少了健康活力的飲料

走到書房　　在一堆無用的裝飾品中找
到一個鬧鐘　　因為衣服再不洗就要臭
了　　優酪乳也快過期　　銀色的鬧鐘看
起來還滿漂亮　　上次去東京玩的時候
買的　　記得好像是忘了戴手錶　　老是
搞不清楚時間　　又不想再買手錶　　就
去買了一個寫著made in China的復
古鬧鐘　　在涉谷逛街的時候就一手拿
可樂一手拿鬧鐘的怪樣子　　連寫著
1000日幣的價格吊牌也沒拿掉　　顯得
滿有紀念性的　　就先把它放在床頭桌
上　　免得睡前忘記

有了復古鬧鐘的日子並不如想像中的幸
福　　它不只是外觀復古而已　　是真的
得天天上發條才會開始運動　　一運動
起來簡直像是電影裡面即將要爆炸的定
時炸彈上面綁著的那種誇張的計時器一
樣　　吵得更是難以入眠　　第二天就算
補眠補到12點也還嫌不夠　　復古鬧鐘
叫起來又果真是響徹雲霄　　幾乎要打
斷了一樓老阿公的午睡　　最近幾天就
都是這樣恍恍惚惚的睡

054

突然聽到電話響　直接跳到答錄機　嚇得我隨手抓起鬧鐘　不過才早上9點
誰會那麼早打電話來　我不想理會那種早上9點鐘的留言　繼續睡　後來實
在做夢斷斷續續的很不安寧　乾脆起床聽聽那個留言

**喂　喂...　鍾太太　我在妳店門口　我不知道妳今天居然沒開店　好了
我已經在門口了　好了　喂　那我走了　再見**

搞什麼嘛　老是有這種冒失鬼喜歡留話在陌生人的答錄機裡　上次是一個女
生大概是替同學看了考場之類的　就花了七分鐘詳細的敘述了考場的地理位
置　然後又花了三分鐘替同學加油打氣　我不但很有耐心的聽完長達十分鐘
的留言　一直到第二天早上都還在擔心那個同學會因為找不到考場　或是得
不到鼓勵　因此沒考好之類的笨事情　還好這次只是沒開店　白跑了一趟
而已　倒是鍾太太的答錄機不會也有這種怪音樂吧！　難道她也買到了那片
CD？ 這點令我非常好奇

以前只有在出門不在家的時候才打開的答錄機　已經演變成為電話功能的一
部分了　還得告訴打來的人：**我們不一定不在家　請說話...**　本來打開
答錄機的意思是想要過濾一些討人厭的催著交功課的電話　到後來卻變成聽
著別人對答錄機說話的口氣也是一種樂趣　有時候真的不在家　偏偏有人會
對答錄機說著：**喂　接電話　接電話　喂　珊妮　快接電話...真的不在
耶　好吧　妳真的不在喔　那我再打來...**之類極為稀鬆平常的荒謬句子
久而久之　迅速接起電話的舉動就似乎變得很不正常　對白聽起來也感覺客
套了些　現在只要電話響起來不經過答錄機辨識就彷彿很沒安全感似的

後來答錄機的毛病又蔓延到call機

本來只是怕call機在看電影的途中亂叫換成
震動　　結果老是忘了看call機就搞不清楚到
底是昨天的5：37p.m.還是今天的5：37p.m.
不知道是誰call的119　　只好不了了之的把
一堆號碼全洗掉　　到後來發現普通call機的
功能實在有著太大的弊病　　也不太適合我使
用

突然之間大家都用起手機了

我實在不確定我對行動電話的適應能力會是如
何　　我可能不會把行動電話的號碼告訴別人
免得造成家用電話的雙重困擾　　那麼我的行
動電話只有在別人call我　　我又剛好找不到
電話的時候才能派上用場　　但是我老是忘了
把call機帶在身上　　就算帶了也老是放在背
包裡忘了看　　那我的行動電話到底該什麼時
候使用呢？　我得要仔細的想清楚才是

光是鬧鐘　　電話這種不太奇怪的產品就把人
搞成這樣

科 技 始 終 擾 亂 了 人 性

接 連 好 幾 個 晚 上 都 睡 不 著　　　以往遇到類似情況總是很容易克服
身體躺平放鬆　　然後把所有的注意力集中在呼吸上　　就這樣一吸一吐一吸一吐的
無聊到睡著為止　　突然之間這個方法不管用了　　背好像怎麼也躺不平　　兩三千
塊買來的健康枕頭也感覺沒以前好用　　本來脖子和枕頭的弧度滿貼合的　　枕頭看
起來並沒什麼異樣　　不會是我的脖子腫大了吧!　每次都只好把身體躺不平這件事
先跳過　　直接進入專心呼吸這一段　　可是一吸一吐之間又總是被手指所干擾

＂我–想–說––一些–關–於–鳥–的–事＂ 兩隻手就不停的用注音輸入法反覆而快速的打著相同的句子　剛剛發生的時候　本來還想起來拿隻筆把這個＂我想說一些鳥的事＂的念頭記錄下來　可是擔心一爬起來更是破壞了已經很差的睡眠品質　沒想到往後的日子　這個念頭在每天睡前都來個幾百次傳說中的數羊約莫就是這麼回事吧　　不過胖胖圓圓的綿羊還有好看的形狀色澤和高級的觸感可以想像　我的鳥根本像是不存在的　而且毫無重點或特色可言　　我也絲毫沒有任何＂想說一些關於鳥的事＂的實際念頭　就只是注音輸入法練習罷了　　老是在半夜兩三點躺在床上練習注音輸入法真是件愚蠢的事只好設法把注意力從指尖趕走　可是一旦有了這個念頭　手指更像是＂終於揭穿了妳的小詭計＂般意發興奮起來　後來想想不如逆向思考整件事情　也許先別急著根治注音輸入法　先拒絕說一些關於鳥的事再說　我首先嘗試用注音輸入＂熊貓的屁股具有研究價值＂這樣的句子　不幸熊貓始終無法取代鳥　最後只有把雙手放在肚子上　只要注音輸入法一展開　肚子就會變成一個正在被打擊的非洲鼓　很不舒服　終於肚皮戰勝了手指　我才安穩的睡著

NO OIL, NO FAT, NO FRYING

HOT BIRD

第二天早上醒來　還沒從床上離開　˝我想說一些關於鳥的事˝的注音輸入法又來了　該死的東西　沒頭沒腦的幹嘛要說一些關於鳥的事？　就這樣　整個白天都被這個鳥念頭佔據了一樣　索性坐下來打開電腦　開了個新檔　很慎重的打下˝我想說一些關於鳥的事˝的字樣　然後等候接下來的指示　搞了半天　並沒有收到進一步的訊息　還是只停留在反反覆覆˝我想說一些關於鳥的事˝注音輸入上面想著自己這樣在電腦前面穿著髒髒的睡衣的模樣也實在挺滑稽　　就決定關了電腦　隨它去鬧　於是這個症狀就是這樣子　每天不斷持續著　倒也沒帶來什麼了不起的災難　恐怕真不值得用什麼太嚴肅的心情去看待它

不過這類關於手指的毛病說起來也不是第一次　　一直以來我都為著從不間斷的彈吉他所困擾著　　手指沒事就在手心的肉上動啊動的彈的曲子還是那首沒什麼人喜歡的˝給愛麗絲˝

原因是十年前暑假的某個早晨起床　　就感覺到一股累積了很久想要學點樂器什麼的衝動　　於是好好打扮了一下(其實就只是幾件不同牌子牛仔褲之間的穿穿脫脫而已)　　我很重視自己給人的第一印象總之就真的走到樂器行　付了錢　學起古典吉他

教吉他的老師是個西班牙人　　灰灰的鬍子弄得一臉都是　　怎麼看都像是歷史課本裡面那種一輩子沒笑過的革命家　　年紀應該不大　　看起來嚴肅極了　　上課的時候兩個人各顧各的彈吉他　　領了份樂譜就回家照著練　　練習手指該擺的位置　　還有位置的切換　　練著練著手總是放不到定位　　聽起來也不太像是一首世界名曲　　就感覺滿沮喪　　也許下次上完吉他課之後還得抽空打聽一下卡內基的課程　　一次拿這麼多錢學東西似乎也不太好　　除了打消卡內基的念頭　　吉他課也不上了　　挺得意自己沒有很衝動的買了吉他　　雖然才上了不到五堂課　　手指頭卻是一分一秒都不休息　　″給愛麗絲″拙劣的彈了十年

一首歌練了十年　　就算稱不上出神入化　　也總該熟能生巧吧　偏偏手指往吉他上一放就什麼也彈不出來　　於是這個″假裝彈吉他″的動作就顯得既無聊又惹人嫌　　上市場的時候　　媽媽會說：買菜就別彈了吧！　　和老公手牽手的詩情畫意也會突然被垃圾車音樂弄得怪怪的

所以當這個習慣突然被中斷　　實在感覺到很不可思議　　對於日常生活而言　　其實沒有造成什麼震撼或改變　　但是有沒有什麼驚人的暗示就很難說了

真不該這麼想的

問題是和愛麗絲與鳥無關　　純粹因為電腦時代的來臨

全 國 大 專 電 腦 擇 友

陳珊妮　　　　　同學收

北市建康路▓▓巷▓弄▓號F

姓 名	吳▓俊	校 系	東海食科二	生 日	58.5.12	電 話	(0▓6)31▓▓8▓
住 址	台中縣龍井鄉新興路▓▓▓▓▓						
對 方	No.-10552						
資 料	I H G B E A A A D A D B D C O B B D B A B C JSRPO BJF CJEK						

姓 名	江▓平	校 系	清大應數二	生 日	58.11.28	電 話	7▓51▓▓-48▓3
住 址	清華大學實齋218室						
對 方	No.-10781						
資 料	I F I B B A A C D A A B B D B D B A B B B C BJKRQ DBH AJGE						

姓 名	林▓輝	校 系	台大電機三	生 日	58.8.19	電 話	(0▓)▓82▓67▓

啦啦隊歌單

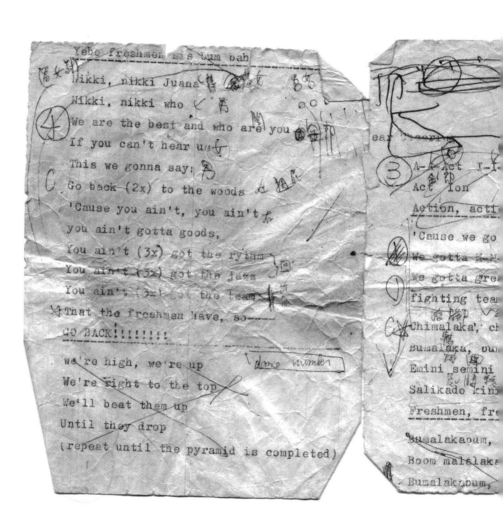

Emily R. Chan

I - Faith

* Entrance
* Dance number

① Freshmen, freshmen
Cheer, cheer, cheer
Group together, group together
Team, team, team
Cheer together, team together
② Win, win, win!

1st The team was in a contest
2nd The cheerers began to blow
3rd And everyone was listening
4th And here's what they saw

We gonna B-B-EAT, we gonna F-I-GHT
We gonna smash, smash
Smash, smash them
We gonna smash them, fight them

第一次和人討論起字眼選擇的問題

是三年前剛認識夏宇的時候

老婆 可不可以改成別的字眼呢？** 看起來很不舒服　夏宇說

反覆看了看那個帶有　老婆　字眼的句子
倒也覺得沒什麼特別
或許有人看了上面幾行有著 芥末醬 的句子會突然反胃也說不定
換成蕃茄醬也說不過去　和黃色的主題沒什麼關係嘛
說不定還有人會覺得蕃茄醬過於通俗而色情

後來 **黃色女孩** 這首歌的歌詞一個字也沒改
但是我卻開始對字眼的選擇產生興趣

像是前幾天朋友拿了他創作的一些歌詞給我看
實在差點沒昏倒
因為我一向討厭那種劃好線的活頁紙
又是這麼煞有介事的對齊式寫法

老讓人覺得每個間隔都不一樣大似的　越要仔細的看清楚　就越是模糊起來

尤其是一下筆就真的想和下面的橫線對齊的奇怪念頭
久而久之寫出來的字體線條就好像和整本活頁紙打了結一樣
如果不湊巧墊在下面的那張活頁紙規格不同　那更是會讓人精神錯亂

總之這種紙對創作而言是很有殺傷力的　一定要找那種白白的
像是圖畫紙一樣厚厚的筆記本
歌迷送過我一本被用完了　因為我沒有回信向他道謝　所以就再沒有第二本可用

不過我真正要說的是關於歌詞的
　　　　　　　　　對　花蕊這個字眼突然從整頁歌詞裡面冒出來
那感覺像是被三千多條黏黏的異形的觸鬚給纏住了一樣　非常噁心
　　花　　　這個字其實沒有什麼不恰當的意思
　　花兒　　就未免有點冷凍食品的感覺
　　花蕊　　就真是過於恐怖　而且毫無色彩上的聯想

其它像是用餐進行到一半　鄰桌的客人提起　癖好兩個字　就會忍不住想站起來
去上個廁所或者向服務生要點餐巾紙調味料什麼的都好
　　癖好　　就彷彿是很動感的
　　和　霹靂舞　有著相似的視覺形象　非得馬上來點協調的肢體動作不可

這種字眼的選擇也不只限於中文　英文字彙也一樣有想像空間　就拿
sproil　這個字來說　只要盯著它看個五秒鐘　就覺得整組字母上下跳動著不停

那種非消耗式的跳動本身就有一股引誘小朋友做壞事之類的不良企圖

還有像是喝咖啡的時候　"請問要加可可粉還是肉桂粉？"　總是讓人很難為情而且
不易回答
可可　　給人溫柔甜美　容易討好的感覺
肉桂　　就比較是冷酷艱澀　不容易判斷的
加上服務生拿著兩瓶小東西的站姿也實在給人一種被侵犯的味道

所以除非是他早就把可可粉和肉桂粉放在桌上　否則誰想去用那種古怪的小東西

sproil

手指 和 腳趾 的質感也大不相同

　　　　手指的 指　　絕對是清楚的條狀的修長的東西
　　　　腳趾的 趾　　一看就是僵硬的　形狀不明顯的　石器時代的

另外像是
　　　　尷尬　猥褻　這種字眼　更是如同腋下長了蹼一般的突兀

最討厭的莫過於　　　吊詭了　簡直像是從米蘭昆德拉的小說裡伸出一隻手來
硬是扯著我的舌頭不放似的　這個字眼的質感最驚悚

驚悚也是個好玩的字眼　好像把進口起士粉死命的往盤子裡面灑
一種欲罷不能　停不下來的過癮

選擇字眼真是件有趣的事　才一想到胸罩　眼前就出現白色大同瓷碗的碎片

打發也是很好的字眼　不停拿雙竹筷夾氫氣球似的麻煩　累得不得了

指 ▼

趾 ▼

早上起來就莫名其妙的肚子痛

趕快吃了家裡剩下的最後一瓶保濟丸
也不確定是不是真的管用
反正吃了以後就會暫時忘記肚子痛這回事
等到想起來的時候早就已經好的
所以從來也不知道真正有療效的究竟是保濟丸還是自我催眠
總之吃了以後感覺比較好

講到保濟丸
記得有一次在紐約的Starbucks　　冰咖啡才喝到一半
肚子突然痛起來
趕緊吃掉隨身攜帶的一瓶保濟丸　　疼痛稍微緩和之後
一邊和旁邊的人聊天
一邊又把已經空了的保濟丸瓶子再裝回盒子裡去
談話當中則不時有服務生忙著收掉桌上的垃圾

第二天又來喝咖啡
大概是一種極沒有安全感的未雨綢繆的心態的關係
我又拿出一瓶保濟丸
走到門邊的自助區倒了杯開水準備服用　　回座的時候
一名黑人服務生正在收拾我桌上的垃圾
一手拿了個大塑膠袋　　一手拿著我的保濟丸搖晃著
兩人相對　　不免一陣尷尬的笑
反正笑不了多久　　就聊起天來
他的眼神實在難以掩飾對保濟丸的好奇

071

香港

李衆勝堂

保濟丸

服法：每次(60丸)一瓶
小瓶一般制及睡前用滾水或
或忌時每三小時服一
清茶送服。
大十五歲以者服量減半(30丸)

香港原裝進口衛署中藥標字
証第一號合法藥物

功用治大廣

腸胃不適，吐瀉
消化不良，食滯
水土不服。外感風寒。
府車暈浪。不服

保兆于人製創

PO CHAI PILLS

THIS MEDICINE IS GOOD FOR FEVER
DIARRHOEA, VOMITING, OVEREATING,
OVER-INTOXICATING AND GASTRO
INTESTINAL DISEASES.

一九九三年
此改版用

明認兹確
非本港發售

如原不本冒牌用
請使

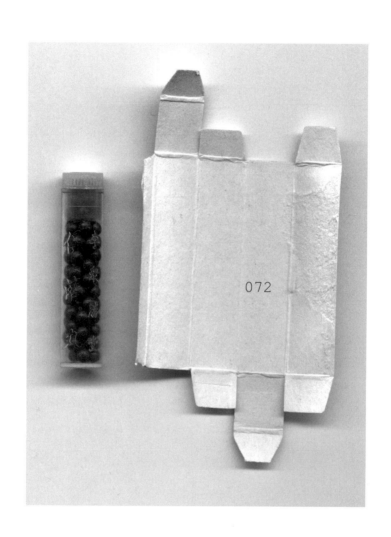

072

他說因為昨天下午在清理桌面的時候
發現了這麼個一模一樣的東西　因為看起來挺有意思
就把它帶回家好好研究了一下　卻看不出個所以然來
沒想到今天又再度看到這個怪東西
感覺很興奮　我向他解釋也許昨天那個也是我留下的　它叫做"保濟丸"
是一種中國胃腸藥　這個結果顯然令黑人服務生非常驚訝
我連忙表示很樂意為他示範保濟丸的使用方法
起初他非常不好意思而且對我突如其來的熱心表示抗拒
但是因為我本來就正要服用　他也就不再推辭

●

我把保濟丸的紙盒打開　把瓶子拿出來
那種充滿了紅色迷你小藥丸的景象　似乎令他對保濟丸更加好奇
我就在紐約的Starbucks咖啡廳對不知名的黑人服務生表演了一場"吃保濟丸"
我喝完桌上的開水　他仍是一臉懷疑
"一次要吃這麼多嗎?"
"而且...這個腸胃藥的包裝看起來未免太詭異"
說的也是　上面密密麻麻的文字一大堆　像是符咒一般　還有一個框了邊
不知道是誰的大頭照在上面　奇怪的一大坨紅色小藥丸擠在小巧的塑膠瓶裡
保濟丸在他的眼裡　想必看來十分可疑

我倒挺欣賞的　神秘的很優雅　不是嗎?
後來黑人服務生要求再度回收保濟丸的屍體
我不斷的在髒亂的書包裡搜尋　希望可以送給他一個完整的保濟丸標本做為紀念
他應該不會想去吃吃看的　不過我始終沒有找到
顯然我有著過度疑神疑鬼的症狀　極度缺乏安全感

從"黑人和保濟丸"發現自己的態度　實在是種頗具喜感的人生經驗

7^4

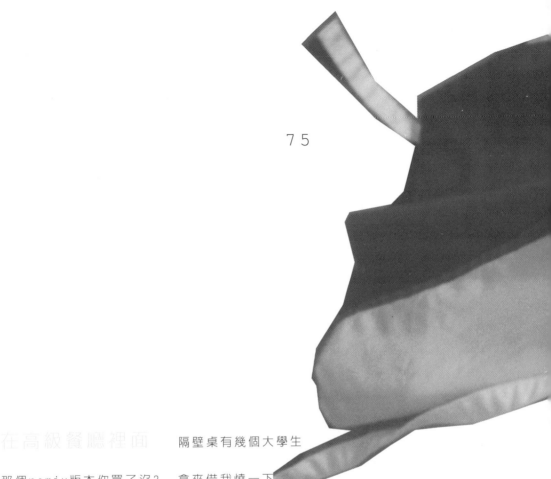

在高級餐廳裡面　　　隔壁桌有幾個大學生

那個remix版本你買了沒？　拿來借我燒一下...

...真不敢相信　我以前還參加過李明依的歌友會耶...（一陣笑聲）...
...然後我昨天去KTV唱那首黎明的歌...

最討厭大學生了

大學生接受新音樂的能力遠遜於中學生　　中學生聽音樂總是聽得趣味盎然的
崇拜偶像也投入得滿臉口水
大學生在聽我唱歌時老是一副拒人於千里之外的屌樣
聽不出個快樂來就算了　　不過是流行音樂嘛
聽得不高興也不用這麼認真到逼問你討厭張學友的一百個理由之類的
我又不討厭張學友　　也沒影射我比劉德華有水準的話
反正聊個天都要搞得處處圈套和陷阱似的　　你如果不準備回答
他們就會很得意的像是看準你答不出來的樣子繼續他們各種有意義的休閒活動

大學生 最討厭了

大學生和我聊天的內容永遠和記者的問題如出一轍
記者還有責任要扛薪水要拿
閒著無事沒頭沒腦的幹嘛還準備這些個僵硬艱澀的問題
目的不過是想要炫耀大學生的問題比較有水準而已　從他們的反應就看的出來
因為重點永遠在於問問題的技巧　而不在於我回答的表現

最可惡的是有些大學生故意用討好我的口氣間接侮辱別人

製作伊能靜的唱片會不會壞了妳的口碑啊
錄起來很累喔

受這麼多年的教育　難道你們只學會了對陌生人尖酸刻薄的批評
沒想過人與人相處貴在互相學習嗎？
每次聽到這個我就會很生氣：
你不知道人家在飛機上讀的書比你一年吃的魯肉飯還多吧？
你不相信她在錄音期間徹夜反省練習　為每一天的錄音所做的努力吧？
而且你和她不熟吧？　而且她做什麼也沒妨礙到你吧？
我只差沒對他說：你以為你是什麼東西？　大學生！　很了不起嗎？
要這麼在人背後講些下流的話

反正就是有某些討厭死了的大學生　搞得我完全沒有為大學生唱首好歌的興致

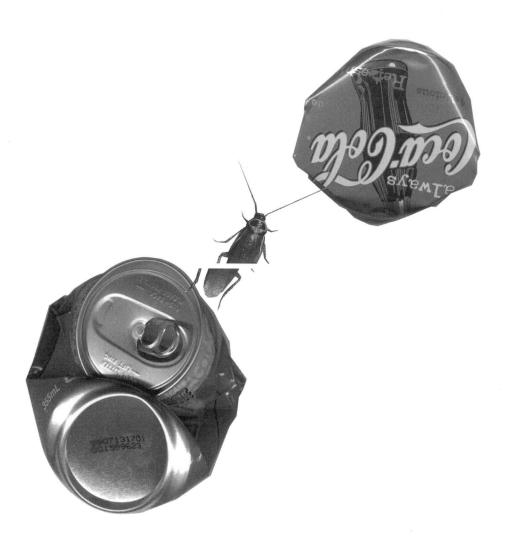

報紙上登了一篇嚇死人的消息

說是一名小學老師做了一個實驗――把兩隻蟑螂放在一瓶可樂裡面
一個月之後竟然連蟑螂的屍體都找不到

據說是要告訴小朋友 ˝可樂是不好的飲料˝

我一時之間只想到： 萬一有一隻笨拙的蟑螂　不幸喪生在可樂生產過程中
可樂保存期限又這麼長　等我喝到的時候
別說是小腿了　連根腿毛也也找不到

那喝起來是不是會有異味呢？

這老師做實驗的態度未免太不徹底又太不負責
簡直嚇壞了我們這種以搜集可樂贈品為樂的善良小老百性

所以我一向討厭大學生和老師也不是沒有原因的

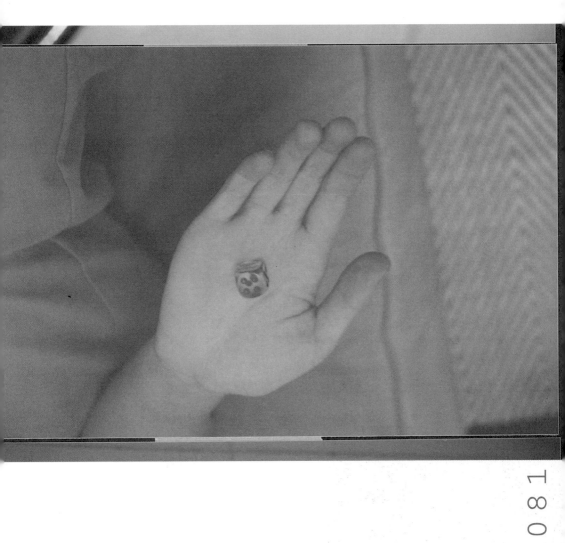

082

每一次在女巫店演唱自己創作的作品
這樣的行為常常帶給我很大的感動

Live 和 Life 的甜蜜聯繫

偶爾　　或者應該說經常　　還是要面臨有一點殘酷的狀況
就是每次表演途中會碰上一兩桌發出特別吵雜聲音的客人
沒化粧的女歌手抱著一把便宜的空心吉他　　無論我怎麼使盡
全力　　就是抵不過划拳　　橋牌　　或是討論著上那間賓館的
談話聲　　小小的女巫店　　容納的人數不過幾十個人　　這些聲
音對表演者而言的確是一項考驗　　通常我都會立刻表達不滿
的情緒　　直接說 "有一桌客人請安靜一點" 或是 "今晚的氣
氛簡直就像國父逝世紀念日" 之類的話　　終於有一次客人覺
得不爽　　認為是我把氣氛弄得太嚴肅　　表演的人還怪客人
太吵　　於是準備等一下把我好好教訓一頓

所以歌手是該具備豐富的娛樂性　　而且絕不能有怨言的

讓我想起常有些自認主流的人士勸我不要太出世　　要生存必
須要適當的妥協

Lilith Fair

A Celebration of Women in Music

'98

是外型上嗎？ 十二月的大冷天在家裡看著娛樂新聞 某台灣天后級的女歌手在人行道上穿著細肩帶清涼洋裝忙著彎腰用力擠出半個胸部供記者拍照 是歌曲內容上嗎？ 讓清一色男性詞曲創作者用全然的男性主宰的觀點來書寫女性情慾－－忙著"讓他快樂"還是忙著"裝傻"？ 還是聽從男性製作人的吩咐 唱氣音突顯女聲的虛弱特質？還是用童音唱出女性的弱稚無知？

地下歌手嫌我太入世了 應該要更強硬更有攻擊性才對 所以我要和一般另類男歌手一樣喝瓶裝台灣啤酒 說髒話 組搖滾樂團 玩大分貝的音樂外帶向主流媒體工作者吐口水－－複製男性搖滾圈內的一切當然包括惡習

曾經在廣播節目中聽到某大唱片公司男性企宣統籌在現場 批評我認識的一名已經結婚生子的女性創作藝人 創作能力萎縮 以突顯出相形之下他們旗下某創作男歌手的實力 這就是女性創作者的困境 問題不在於尿布而在於家庭主婦的悲劇性 做家事和帶小孩都非常的不容易聯想到創作力

電台主持人覺得我太驕傲 因為我太直率 太有主觀的意見 有話就說 太不唯唯諾諾 太不用嬌柔的語氣虛偽的要不喜歡我的群眾都去買我的專輯

有評論者認為我太自溺了 創作這件事情對我來說本來就是某種程度的發洩

要在這個社會制度下或唱片工業體系中抒發內心深處的一點聲音　　對像我這樣的中產階級女性而言本來就是一種掙扎　　今年我有感而發做了一些所謂比較正經嚴肅的作品　　但是沒有得到什麼人正經嚴肅的看待成一種現象　　我不懂什麼詩人的生活也不能解答你關於女性主義的問題　　不用拿那種知識份子對付知識份子的大帽子壓死我或者蓋住自己的眼睛你們不是挺喜歡外表任性怕被蟲子吃了她美麗花瓣的女歌手嗎？

我是一個女性創作者

不喜歡穿著討好你視覺的昂貴名牌服飾　　讓其他男性來書寫我的情慾　　控制或壓抑我對情緒的表達複製男性世界的一切或是停止思考女性身處環境所面臨的問題　　我將繼續對自己才華的一點驕傲

我不是什麼專家　　一個已婚的女性創作者罷了　　我就是不懂什麼娛樂性還挺多怨言的　　身為女性我有不滿　　創作者要把握每一次展現自己的機會　　我有比任何男性創作者或表演者更有理由--不想浪費時間或生命用來娛樂大眾

我只是尊敬自己身為一個女人　　有勇氣對抗整個世界的不公平而已　　對於那些準備好要教訓我的客人我會還手而且用盡全力　　至於其他沉默的人則用不著向我敬禮

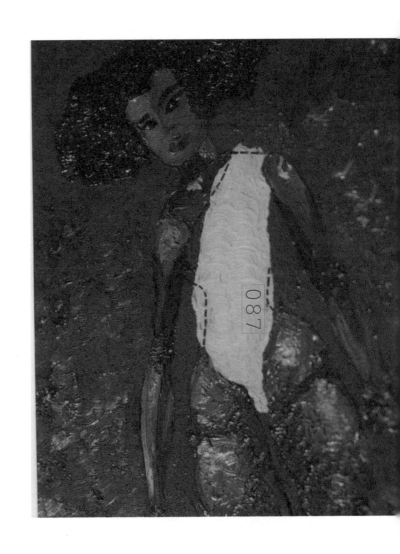

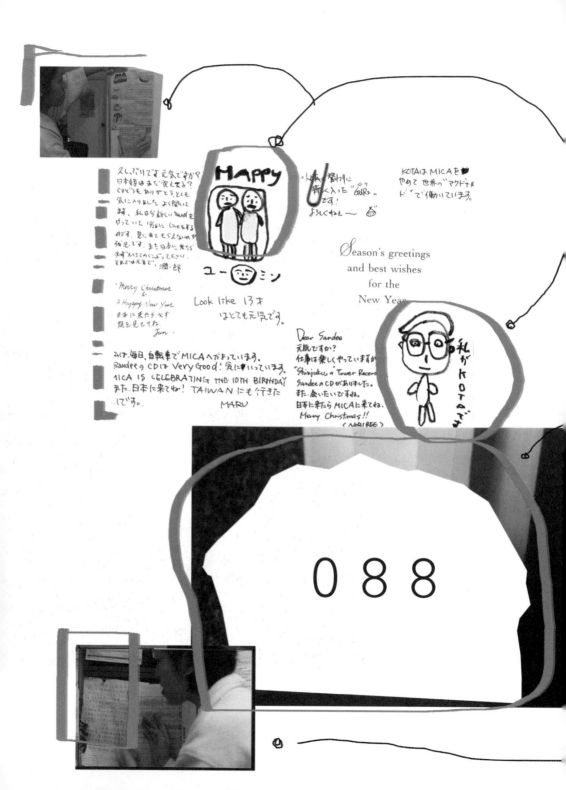

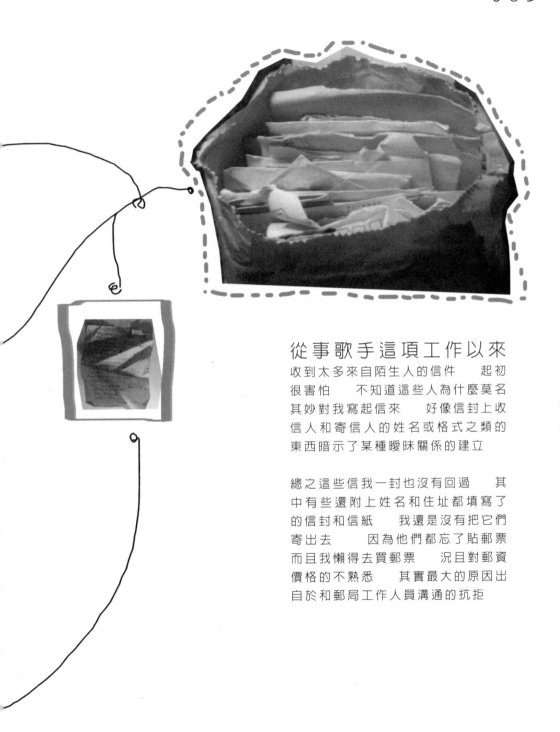

從事歌手這項工作以來

收到太多來自陌生人的信件　　起初
很害怕　　不知道這些人為什麼莫名
其妙對我寫起信來　　好像信封上收
信人和寄信人的姓名或格式之類的
東西暗示了某種曖昧關係的建立

總之這些信我一封也沒有回過　　其
中有些還附上姓名和住址都填寫了
的信封和信紙　　我還是沒有把它們
寄出去　　因為他們都忘了貼郵票
而且我懶得去買郵票　　況且對郵資
價格的不熟悉　　其實最大的原因出
自於和郵局工作人員溝通的抗拒

090

第一次對不回信這件事感覺內疚　　居然是在一場爵士樂的表演中　　日本籍女鋼
琴手的粗暴舉動把我嚇壞了　　那天早上收到一封日本歌迷的來信　　加上一向有
在禁止飲食場合偷吃東西的我正在哨食一個Yamazaki的年輪蛋糕　　反正我也必
須承認這的確是一種極為荒謬的罪惡感

第二天早上我就到書店買了一百張明信片　　心中有一股難以言喻的澎湃與激動
回到家裡把所有的歌迷信件都拿出來　　雖然沒有整理過　　但是非常確定這些信
無論是用週記本或是巧克力空盒寫的都還存在　　只是面對著一堆紙發現無從回
起　　因為...

信封和信紙全是分開的

看著不知道是誰寫的信配上不知道是那裡來的信封　　一種好像在282公車上遇到
暴露狂卻又不小心多看他一眼的尷尬

一百張明信片都還在家裡　　一張也沒有使用過　　躺在白色的抽屜裡就算是我對
這些歌迷的一點歉意好了

今年暑假收到一封澳洲少年的來信　　大概是從來沒有去過澳洲　　而且聽說在那
裡耶誕節是暖和的　　帶給我一種非常奇異的遙遠感覺　　隨信附上明信片　　充滿
令我想回信的友善氣息

把明信片擺在十分顯眼的書架上　　真是一張非常好看的明信片－－一隻長耳朵狗
的頭部　　說是頭部就真的是一個白底連脖子也找不到　　狗頭和一般教科書上的
偉人照片角度差不多　　讓人打從心底尊敬的表情又帶點滑稽　　臉上沒有什麼多
餘的毛　　不會給人過於驕縱任性的聯想　　反正一個星期之後我愛上了那隻狗
至少確定到今年耶誕節它還會陪我一起度過

陸陸續續又收到許多來信　和舊的信封信紙混在一起　並沒有什麼不同　內容多半是對我的鼓勵　索取八張一套的照片　或是純粹發洩性質的寫信　歌詞　Demo帶甚至履歷表　其中有一封奇特的來信　用的是一般的信紙　字跡很好看　剛好寫滿一張的長度　寫的全是些批評的文字　一定是太生氣又不吐不快產生的強大罵人動力吧　裡頭沒有一個錯字　反正讀起來很流暢就是了　顯然他對我的不滿來自我在第三張專輯後面加上的一句話：

‥我相信台灣有打不死的好音樂‥

好音樂是什麼呢？　這件東西我從來沒有具體的瞭解過　吃完路邊攤放了太多味精的其中一樣食物之後　至少在回程的車上就真的口乾舌燥起來　但是好音樂是什麼呢？家裡有一幅據說是把旁邊的維納斯剪掉以後剩下一群小天使的畫　筆記書上也看得到莫底里亞尼看不見眼珠的女人畫像　但是當我第一次親眼看見達利的真跡時　居然很沒出息的流了一臉的淚和鼻涕　因為達利我第一次想到流行唱片音樂家的難堪

我遇到過很多當面批評我的人　通常小時候學過兩年鋼琴　或者懂得換吉他弦　或者自認為是台灣獨立搖滾的救世主　他們偶爾數落我和星座專家聊天的不恥行徑　討厭媒體非常低能　從來沒仔細聽過我的音樂或是說根本不買任何國台語發音的專輯　說自己是音樂人　也沒看他寫過什麼和音樂有關的東西　可能在家裡廁所聽聽美國三流搖滾樂吧　但是很少發表有建設性的言論　這些人大都和我熟識　喜歡提醒關於我的爛或遜色　我不太想解釋什麼　讓我想起另外一件事：聽說香港某音樂電視台的節目審核非常嚴格　有一次歌手在節目中提到‥檳榔‥兩個字　引起審核部門人員的恐慌　經過一陣討論終於達成共識　決定將檳榔兩個字消音　他們的解釋是認為：‥之所以有下流的台灣人就是因為有檳榔這個東西‥　當然有台灣人覺得台灣的音樂人爛或遜也不會是太稀奇的事了　我偶爾和這些人喝喝劣質啤酒　這並不表示我不該下午在忠孝東路喝義大利咖啡　這些人持續想像自己和世界上所有人的不幸　然後就會習慣扮演

‥特殊悲劇性格兼職業被迫害者‥ 的角色

我很少思考自己的音樂對環境來說是什麼　　那是一種類似游泳的過程　　消耗過剩的能量　　而且非常專注的呼吸　　總之寫完一首歌和游完泳一樣愉悅不但燃燒了卡路里　　還排泄了體內廢物－－絕對和上大號或處理掉廚房的垃圾是不同的　　上大號或是倒垃圾無疑要比做音樂來得神聖而且特別重要

如果不做音樂也沒什麼要緊吧

人類的心靈是很脆弱的　　脆弱到不知道為什麼聽到Alanis　Morrisette會緊張聽完Forest for the trees的專輯晚上要說夢話　　就像聽見Tom's diner的感動　　不會因為服務生把咖啡灑了一半而有所耗損

以我極其有限的知識水準和道德觀念實在無法將這些事情完全解釋清楚

台灣人要存活下來實在不簡單　　除了要有好運氣不在公共場合被打死　　就算被打個半死也要有好的體質加上堅強的意志力支撐自己活下去　　還能坐著煩惱這許多來信　　寫"下流"這樣的字眼　　凝視狗頭明信片　　甚至被中文寫得極好的男人罵罵對我來說都是一些好事

也許音樂只是品質的追求　　也許只是我迷戀 Jeff Buckley 的一聲哽咽　　聽不出什麼的

如果還有人要針對那句話罵我什麼　　如果我還有機會修改它　　我要寫：

"我相信台灣有打不死的爛音樂"

concrete | subject

shimmer

from up he

soon on my

metaphor

experiment

aesthetic

investigate

在西門町的中國戲院
無論是欣賞那一部金馬國際影展的電影
對我來說都像是一種折磨　交通問題常常令我懊悔
錯過了片頭字幕--
這點倒是讓我在心靈上和伍迪艾倫有了更進一步發展
還有椅子傾斜的角度太尷尬--
有人證實當正後方有人放屁時
將導致臭空氣在前面滯留
另外氧氣的不足　使得坐在旁邊的老公心律不整
所以最好是看晚場電影　晚上十一點交通順暢　停車位多
有沒有人在後面放屁雖然無法預期
但是座位沒坐滿可以機動性調整至空氣新鮮的位置

這些都不是重點（必須承認實在不擅長立即切入主題）

重點是我和老公一起看了一部日本片"百分百快遞殺手"
劇終時被日本警察誤殺的郵差還在我腦子裡繼續流著一灘的血
散場時就碰上台灣警察臨檢

感覺挺國際影展的

警察專找長頭髮男生的麻煩

"其實真正的壞人都不會留長頭髮引起你的注意"
站在身旁的長髮老公故意提高了音調說
我則是想起戴著金色假髮加墨鏡的林青霞　跟著一搭一唱起來
"其實真正壞的都是像我這樣的女生"

誰曉得真正的壞人看不看金馬國際影展

長頭髮的男生每天都被迫扮演極為類型化的角色

從事影像工作的老公搭乘計程車的經驗：
˙˙先生　看你的樣子(應該只是頭髮而已吧)　一定是個藝術家了˙˙司機閒聊
著
˙˙不是　我是做電視的˙˙　老公簡短的回答
˙˙是嗎　現在修理電視很好賺...˙˙ 司機改口後還滔滔不絕的說著

長頭髮的男生恐怕不是藝術家就是藍領階級

長頭髮的男生到銀行櫃台要求穿著窄裙的年輕小姐刷簿子的時候
要忍受她們持續竊笑三十秒　笑到已經暈開的口紅

訓導主任會對長頭髮的男生說什麼呢？

˙˙像你們從事這樣的工作還可以留長頭髮　訓導主任留長頭髮就不像話了˙˙
訓導主任笑著說
那是不是因為你沒見過長頭髮的傑出訓導主任？
或者幾個月不剪頭髮　訓導主任就不再傑出？
還是長頭髮的傑出教育人士沒機會當訓導主任？

長頭髮男生的阿姨即使知道他有正當職業
穩定收入　端正的嗜好　善良的心
還是要指責他 ¨害得¨ 家裡其他小孩也有了留長頭髮的念頭
¨教壞囝仔¨ ¨壞榜樣¨

長頭髮男生的媽媽就是歇斯底里的要兒子剪頭髮

許多畢業前夕的大專男生正在留長髮　因為認為快當兵了
當完兵之後變成上班族就不再有留長髮的機會了　的確
一般公司行號面試時強調的儀容整齊就自動包括了
所謂：男生不得蓄長髮　女生穿裙子絲襪之類的事情

長頭髮不過是長頭髮而已

不知道有沒有人注意過
常常在路上看見野狗追逐持拐杖的殘障者
或是拾荒老人
表面上看得出來的潦倒人士　狗兒就愛追著他們狂追狂叫

所以我們一對長髮夫妻穿著尖頭馬靴逛街時
硬是被荷槍實彈的霹靂小組攔下瘋狂盤查了一番

他們在警察學校時必定都熟讀六０年代嬉皮史
巴不得當街脫了我們的褲子
用手上的槍桿從我們身上挖出點大麻之類的東西好得到印證

長頭髮的男生以前披散著長髮騎著木瓜牛奶小機車的時候
常常被警察臨檢
長頭髮的男生現在開車還是被臨檢
偶爾他玩音樂的老婆把黑色扁平硬殼保護好的吉他放在後行李箱

　＂裡面是什麼？＂　警察問
　＂烏茲衝鋒槍！＂　好幾次他玩音樂的老婆都想這樣回答

警察又臨檢了長頭髮的男生最喜歡的一家Pub
因為警察不相信
長頭髮的男生就只是喝一杯酒
聽聽警察認為很吵的音樂而已

103

但是警察不會一天到晚對著酒店的客人或小姐狂追狂叫
也不會一天到晚在錢櫃KTV門口狂追狂叫

因為他自認為瞭解這些人和這些現象

反正就是不相信長頭髮的男生在這裡只是喝酒聽音樂而已
一定有什麼的

其實又有什麼呢？

也許在週末下午臨檢忠孝東路SOGO百貨公司的十二樓特賣廣場
運氣好的話還可以帶走幾個扒手吧

看到長頭髮的男生到底讓你看到了什麼呢？

長頭髮的男生要我提醒所有的人：
在我們的社會經驗中看到過無論比陳進興
好一點還是更壞一點的男性歹徒　幾乎都是短頭髮
其實短頭髮的男生才是最危險的

你們怎麼既不追也不叫了
還是你們在學校裡就只讀完了一本六０年代嬉皮史？

3-12-97 ROXY. DJ台.

還是大學第一次填錯電腦選課單之後　216巷的麵包店之前？

認識弗洛伊德之後迷戀expresso之前

8

或者說是小學時候二樓廁所用注音符號把蚊子寫成ㄇㄣ，子的塗鴉給我的深刻印象

大便蟲則是構成優良廁所與否的顯性指標

起初只是在電影散場的時候後悔兩小時前喝的一杯檸檬紅茶
和三十名女性共同在廁所內體驗膀胱爆裂前的極微細快感
每一聲沖水都是和人類意念的終極對抗
但是隔壁的男廁生意頂清淡的　因為男生上廁所不太耗時
該解脫的都早已經解脫了
有一次忍不住到隔壁借用了一下廁所　說是借用　反正裡面沒什麼人
就算有人也背對著你忙著自己的事　連"先生　借用一下"也免了
走出電影院男廁後　再看看女廁的絡繹不絕
簡直是另一種充滿暴力美學的饑餓三十活動

女廁的品質通常很差　常常積水　垃圾筒客滿　沒有地方掛背包　牆上貼著：
"無論您用什麼姿勢如廁　請讓下一個人有良好的使用品質"
有的直接寫著
"請勿踩踏在馬桶蓋上如廁　以維護馬桶的清潔"
可是根本看不到馬桶蓋　可能昨天被某位胖太太踩壞了
沒有馬桶蓋上大號怎麼辦呢？
大家都會立刻聯想到國中體罰的那套
其實有了馬桶蓋也只是讓馬桶比較像馬桶而已
今天肯定沒有衛生紙
優雅的上班族女孩的Prada皮包裡只有一疊上午來自香港的傳真
傳真紙很滑　感覺並不好用
可以建議她試試來自錄音師好友阿斌的小偏方　把紙先捏縐了再攤開使用
就能完成基礎清潔了

你知道為什麼我老是對廁所感興趣了吧

而對馬桶的偏好則是因為某天半夜起床上廁所時撞傷了屁股
爸爸上完廁所後的馬桶蓋總是掀著　恍惚加上沒戴眼鏡兼內
急　　屁股就傾斜了二十五度角墜落　直到第二天才注意起
自己青了半邊的屁股　　意識到家裡的三個女人為了配合一個
男人　　不但每次上廁所之前要記得放下馬桶蓋　上完之後
還不忘記再將它掀起來

我開始觀察生命裡的每一個馬桶

幾天之後　　一個俄羅斯朋友和她的日本老公邀請我參加在他
們的家庭派對　　我十分期待著要從號稱不沙文的日本老公身
上得到印證　　好不容易等到這位右手彈吉他　　左手切菜的
完美老公步出廁所　　我才得以進入採證　　小小的廁所芳香
無比　　看得到摸得到的盡是藍色　　大概是冬天到了　　馬桶
蓋還穿上藍色的睡袍　　蓋子是放下的　　而且穿著睡袍的馬
桶蓋想必更難照顧

友善的狗唱片公司的廁所則是男女分開　　意思就是說：女廁
所的馬桶應該是永遠放下的　　但是偏偏它都是習慣性的向上
掀　　偶爾廁所還不太乾燥或是沒有衛生紙可用

每天和家中或公司內的廁所朝夕相處　　卻從來不見有人規劃
出比例更人性化的空間設計　　讓我想到認識的一些僅有十二
坪大小的家裡住滿七個人　　不太喜歡回家　　剛刷卡買了
DKNY拖鞋的香港人

人們之所以對生活中難堪的經歷不能釋懷　　應該是排泄不夠
暢快所造成的後遺症吧

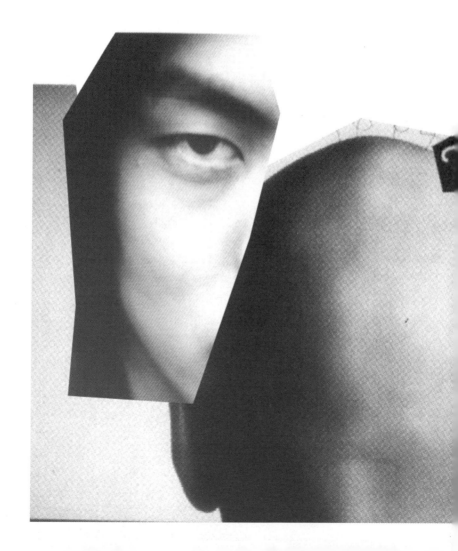

112°C

晚上十一點　很堅決的上床睡覺　以免再重複八點半時打開冰箱
拿出火腿　剝開低脂cheese的透明外套
然後設法使它們緊密靠在一起的動作
甚至還得重複在十點的時候　擠牙膏的事情
到了浴室一定要順便上個廁所　這不是很麻煩嗎
所以十一點上床睡覺是個極為必要的決定　十一點半突然想到
今天午夜十二點在Tower Records有個Smashing Pumpkins的神秘首賣會
也許我可以要求樂團的任何成員做任何事情
也許可以請James Iha在我的脖子左邊留下深一點的吻痕
不要太刻意　一般人都有的那種就好
然後在下面簽上Iha　可以小一點不過字跡要清楚
於是就下起雨來了　連幻想的興致都少了點

113°C

十二點還睡不著　　因為雨點打在玻璃上的聲音像極了蝴蝶拍打著的翅膀　　我相信自己得了一種簡稱為昆蟲恐懼併發性失眠症的疾病　　因為過了五分鐘雨勢稍小　　我又誤以為自己聽到了蟑螂拍手的聲音　　而且是看完演唱會之後兩千隻蟑螂起立鼓掌的感覺　　很訝異蟑螂聽了一場搖滾演唱會　　我以為它們並不熱衷於西方音樂特別是搖滾樂　　我一度認為昆蟲恐懼併發性失眠症的病情非常之難以控制　　沒想到天氣的急速變化形成一種極有利的因素　　天空瞬間下起了冰雹　　打在外面的鐵架上　　彷彿響起一陣陣隆隆的鼓聲　　十二點多的鼓聲相當具有侵略性　　應該把它取樣下來放進下一張專輯的第九首歌的結尾部分　　拉開窗簾一看天空泛著淡淡的黃顏色　　像是白天一樣　　今天天亮得特別早　　一定是提醒我該做點什麼重要的事　　越想就越感受到　　原來自然界也是這麼狡猾的　　既然要我做點重要的事　　我偏要好好的睡一覺　　明天得打電話給全美醫療協會　　告訴他們關於激烈的鼓聲可以治療昆蟲恐懼併發性失眠症　　漸漸的就快要睡著了　　忽然想到今天的眼皮的確比昨天薄了一點這和室內的光源無關　　純粹依照我對電壓的直覺來判斷　　還是要找一天好好做個全身性的檢查才是

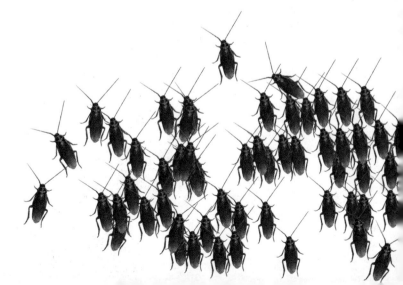

7-12-97 ROXY. DJ台.

1 energetic portion

The Original
Swiss Army Chocolate ✚

MADE IN SWITZERLAND

NET WT 50 g.- 1¾ oz

溜狗是曼哈頓的新興娛樂　　牽條狗就像在乳頭上戴個銀色小圈圈一樣平常

我不知道他們是如何在三坪一千元美金一個月六樓沒有陽台的公寓養三條狗的

只知道這些狗都十分巨大　　彷彿它們從來沒有任何曾經讓人感覺嬌小的童年似的　　所以只要有小型犬從眼前經過　　就非得抱以熱烈的微笑不可

迎面走來一個龐克（我不知道是從幾歲開始學會判斷一個人是否該被稱為龐克的　　我不想在這裡探討所謂的龐克現象龐克文化龐克運動　　總之許多事物一旦學會就很難忘記　　但是這不包括騎腳踏車在內　　我記得自己是在十歲那年學會騎腳踏車　　十一歲那年忘記它的　　在忘記它之前我曾經以極緩慢的速度跌進一個寬達一公尺的臭水溝　　以及連續撞倒了三十六輛腳踏車　　當然我並沒有一一的撞倒它們　　那樣未免太費時同時顯得過度無聊　　十一歲的小朋友是不會有那種猥褻的念頭的）　　我極不想描述這名被我稱之為龐克的長像　　高矮　　或是穿著打扮

反正龐克牽了一隻很小的狗　　小到難以想像　　恐怕它脖子上的項圈都比頭部來得大一些　　腿部像牙線棒的末端一般粗細　　走起路搖來晃去　　越看就越覺得那根本不是一隻狗

龐克把某種看起來像是狗的外星生物帶到街上錯亂了人類的觀察能力

或者客觀一點來說　　那個臉的確是屬於一條狗的

總以為龐克該擁有一隻年邁的大狼犬　　當然如果有一隻棕色的兇猛杜賓狗將更為合適　　龐克的狗一定要大

溜著一條有著狗臉的迷你外星生物的確得花費不少時間　　畢竟手錶這種產品在龐克身上是荒謬的

龐克和外星生物的影響力實在不容忽視

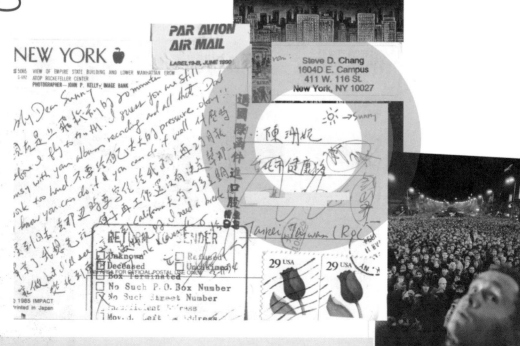

NEW YORK 🍎

#5065 VIEW OF EMPIRE STATE BUILDING AND LOWER MANHATTAN FROM
5-692 ATOP ROCKEFELLER CENTER
       PHOTOGRAPHER—JOHN P. KELLY, IMAGE BANK

PAR AVION
AIR MAIL
LABEL 19-B, JUNE 1990

Steve D. Chang
1604D E. Campus
411 W. 116 St.
New York, NY 10027

陳珊妮

Taipei, Taiwan (R.O.C.)

RETURN TO SENDER
☐ Unknown   ☐ Refused
☒ Deceased   ☐ Unclaimed
☐ Box Terminated
☐ No Such P.O. Box Number
☒ No Such Street Number
☐ Insufficient Address
☐ Moved, Left No Address

© 1985 IMPACT
Printed in Japan

29 USA   29 USA

7A是個取得極好的店名　　在7st和Ave A的交叉口就該取這個店名　　其它三個轉角口的餐聽老闆必定都非常之難為情　　任何因此而想起6A或5A之類店名的人也不得不承認自己生理上的不健全

7A很容易給人晴朗與健康的印象　　念起來非常的果菜汁

所以室外的位子永遠都是客滿的　　　其他熱烈渴望積極正面人生觀的人們都得坐在室內　　負責帶位的金髮白人女孩給了我們一個室內活動空間最小的桌子小到我一拉開椅子就碰掉了後面男生的刺青圖案　　我向他表示歉意　　他很高興的點頭微笑　　大概早就不喜歡那個Pearl Jam的刺青

然而這個空間真的是完全屬於我們的　　　因為沒有任何一位服務生認為自己應該靠近它　　約莫過了十分鐘　　終於有另外一個顯然開始有點無聊的白人女孩過來問我們要點什麼

我要旁邊四個人的桌子

她一口拒絕　　顯然認為亞洲夫婦不適合坐四個人的桌子用餐

看著旁邊桌上白人夫婦留下的兩個啤酒杯和小費　　　我臨去之前在裝滿冰水的玻璃杯上留下一個難看又難洗的口紅印

明天再吃頓豐盛的早餐做為補償吧

Astor Place的Starbucks是個相當正常的場所　排隊買咖啡的人數和排隊上廁所的人數相當平均　好的循環系統非常重要

今天排隊上廁所的過程十分耗時　前面的男生不時的變換左腳和右腳　保持雙腿交叉站立的姿勢　其實他不該繼續跳動激怒膀胱的　更前面的一位男生閉著眼睛汗水把金邊眼鏡搞得都褪了色

膀胱被激怒的男生不停的問著鏡框褪了色的男生　廁所裡面到底有沒有人

鏡框褪了色的男生不停的回答膀胱被激怒的男生　廁所裡的確有人

我則神情高貴的想著　還好今天氣溫華氏一百度走了一點路又才喝了一杯咖啡

正在危急的時刻　廁所門突然被打開　走出一對神情驕傲的黑人情侶

廁所裡的螢光燈把尿液映成極為炫目的綠色　讓人頭暈又不捨離去

到底我是痛恨自己觀察世界的種種方式　卻又沒有能力改變

1960

1970

七０年代出生的人　　和
八０年代出生的人　　的差別
只在於
購買香煙的一張告示

六０年代出生的人　　和
七０年代出生的人　　的差別
只在於
搖滾樂團的名字

你　　　　　　　　和
我　　　　　　　　的差別
只在於
睫毛的長度和彎度

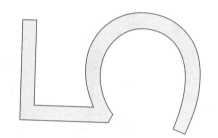

Budweiser　　　　和
Bud Light　　　　的差別
只在於
瓶子外面的標籤

紐約　　　　　　　和
台北　　　　　　　的差別
只在於
太陽出現的時間

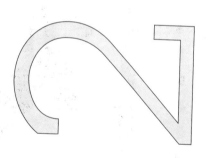

已婚女性　　　　　和
未婚女性　　　　　的差別
只在於
你對我剩餘的一點感覺

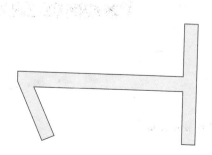

我 是 一 個 厭 世 者

長 了 翅 膀 的 混 蛋
不 擅 長 修 改 願 望
今 晚 我 帶 著 酒 精 休 息
隔 夜 的 血 跡 讓 人 沉 默
半 夜 兩 點 的 吉 他
不 打 擾 任 何 人
吸 完 最 後 一 點 恭 維

死 亡 向 完 美 致 敬
只 為 了 一 次 傷 心

大 笑 著 迎 接
回 心 轉 意

別 煞 了 夏 夜 的 風 景

打了電話到他上班的地方

居然沒人接　　於
是又試試家裡
也是答錄機　　只
好多走幾條街去
看看樂團表演
坐在吧台看著酒
保切檸檬　　不知
不覺就喝了兩杯
抬頭一看　　赫然
發現他在台上猛
烈的唱著Grunge
的歌曲　　上廁所
的時候和他擦身
而過　　打了個很
平常的招呼　　心
裡想著　"你這個
狡猾的小東西"上
完廁所喝完剩下
的一點酒　　才發
現他只是長像有
點類似的一個陌
生人　　為什麼我
認清一個人的能
力那麼糟糕呢
真差勁

130

有時候覺得一個人在陽台上唱歌
和在面對兩千人的大型晚會上表
演毫無差別

SOUN

131

E FUN. 顯然我對 **"大眾"** 的觀念十分模糊

沿著第五大道走了十五條街　找個學校借用廁所　很好　這樣很舒服

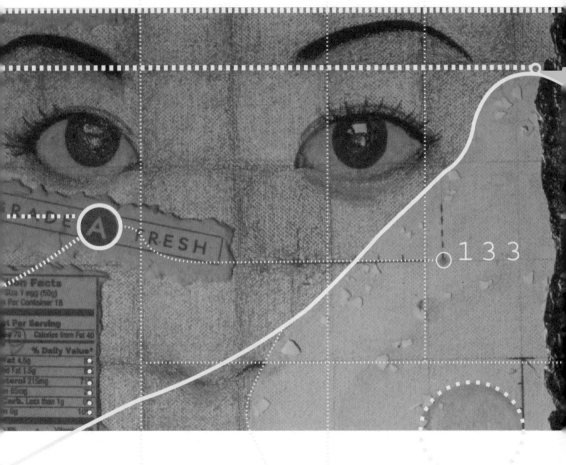

今天穿了一件米色的新洋裝　路人多半注意到了　我不想表現出被打擾的樣子　因為天氣挺好　太陽暖烘烘把每個人的臉照得亮亮的　人們應該互相示好的　特別在這種天氣

我想讓頭髮自然的落在臉頰上　好阻擋一些不必要的紫外線傷害　我在臉上擦過一層防曬乳液　但已經是三個小時以前的事　防曬乳液的效果無法維持這麼長的時間　這是我從雜誌上學到的知識　甚至沒必要特別求證過我就相信了

建築物引起的對流把空氣弄得過於激動　我不但無法應付頭髮和臉　也不能兼顧不斷撩起的短裙　今天穿了黑色的內褲　沒什麼特別可看或不可看的

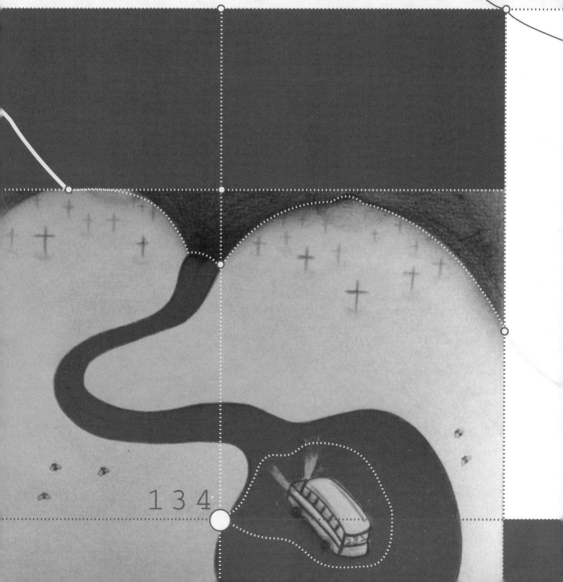

134

NY

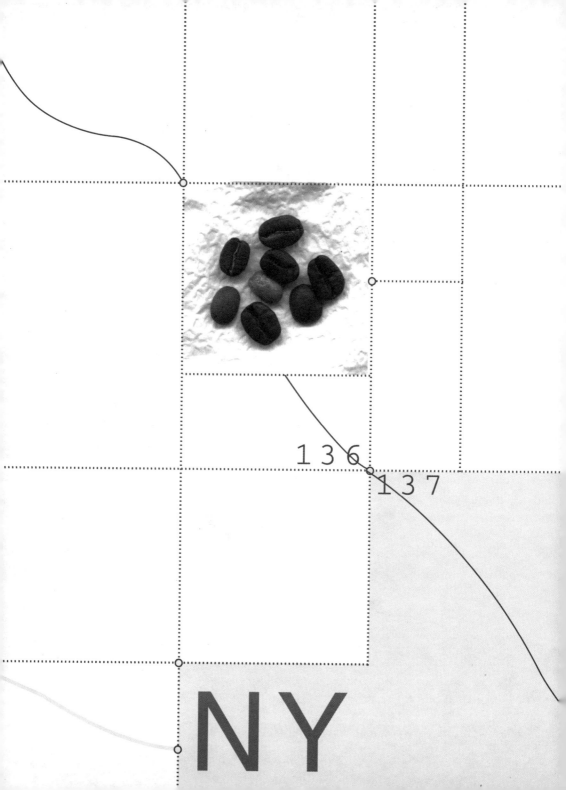

136
137

NY

我走進咖啡廳點了今天白天的第二杯咖啡　選了一個背對窗戶的沙發坐下　窗外的事件總是很吸引著我　其實任何不屬於我的遭遇都相當具有觀賞價值　第二杯咖啡了　是該認真點看待這個下午　適合寫些嚴肅的東西之類的　沙發很重要　可以讓心情放鬆沉澱　至少把注意力轉移到自己身上　臀部附近離腦也不太遠

對面坐了一個中年男子　我倆面對面的都坐著沙發拿著筆記本寫字　我寫得大概比他稍微順利些　或者他只寫些極短的文字也說不定　並不想把一切弄得太清楚

他有一雙與生俱來的憂鬱眼睛　頭髮帶點灰白　但總還看得出來是個極英俊的男人　我們的眼神好幾次不經意交會　讓我感到很不自在　下次或許該向他點個頭或是微笑　別再介意他的憂鬱眼神了　不過我始終沒有這麼做

店裡的客人來來去去換了好幾回合　只有植物的神情一成不變　我想最近應該買株仙人掌什麼的　可能再買瓶Chivas　把它們一起送給朋友　然後叮嚀他每天讓仙人掌喝點Chivas　就有了藉口瞭解它們的生活進展如何

室外的太陽還是暖烘烘的　室內也充滿一種類似夕陽的昏黃燈光　我始終懷著一股淡淡的憂傷　這一切看來不都很好嗎　到底是怎麼了

全麥葡萄餅乾屑掉了一身　和米色洋裝都混在一起了　很令人討厭　好久沒有特別快樂或特別悲傷或特別不快樂或特別不悲傷的反應了

當個大人真要命　不是嗎

1

3

8

做 了 一 個 關 於 王 菲 的 夢

驚嚇中起床後只是一心一意的進行擠牙膏 刷牙 漱口 洗臉 擦
乳液 弄個很繁複的早餐 像是煮個蛋之類的 把蛋從冰箱拿出來放
進裝滿水的鍋子裡 來來回回的觀察 因為永遠測不準時間 同時用
另一側的瓦斯爐燒開水 泡杯茶 茶葉一泡開 蛋也大約煮好了
把蛋撈起來 花不少的時間找出一個只適合蛋的容器 撒點鹽巴吃了
它 然後把用過的一干器皿全數清洗乾淨

如果不是要藉此甩掉一個關於王菲的夢 實在沒必要動用這麼多的工
具去煮一個蛋的 真糟糕 整個腦子裡都是關於王菲的夢 像是吹脹
的氣球般頂住一大片頭皮

" 陳珊妮做了一個關於王菲的夢" 無論如何都是容易引人發笑的

把電視頻道從頭到尾觀察了一遍 只在彩虹 MTV 和Discovery的
時候停留一會兒 總共只花了四分五十三秒 想從電視機裡找個替代
畫面實在不是聰明的辦法

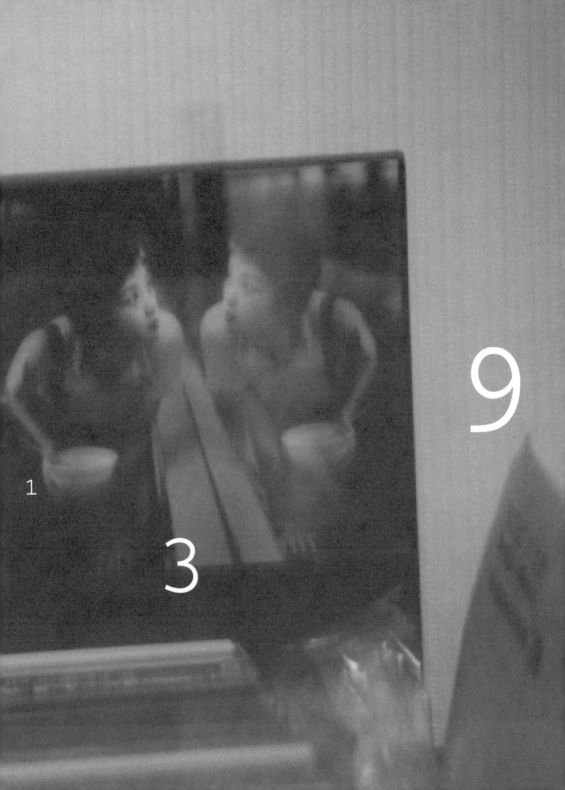

記得在兩年前的一個春節做過一個關於劉德華的夢　他身穿粗布襯衫牛仔褲　邀我一同去攀岩　那個晚上我的確累壞了　直到早上鬧鐘響了都沒能趕上他　劉德華一整個晚上都在責怪我爬得太慢　我的臉上則全是泥巴　像極了一隻得了過勞死的蜥蜴

自從九歲那年夢到和爸爸共同駕著日式組合戰機　攜手擊敗火星人之後　再也沒有比和劉德華攀岩更累人的做夢經驗　還有某著名電台主持人分析過這個夢境：　表示陳珊妮潛意識裡希望在金錢或名氣方面有如同劉德華一般的成就　我並沒有立刻抱以嗤之以鼻的表情　一整天的心情卻有如糞便一般

至於王菲的夢　大致如下：

我和王菲共同應邀參加一個大型演唱會　很巧的　我們穿了一模一樣的衣服　黑色的西裝和短褲　上面還有數百顆閃亮的不知名的小東西走進後台看見王菲不免大吃一驚　並不是因為看到穿了有同樣閃亮的不知名的小東西的衣服的關係　而是眼前的王菲　至少有兩百磅

"兩百磅的王菲耶" 我在心裡重新確定一次

過了大約十幾分鐘後　輪到王菲上台了　我在舞台旁邊Stand by

王菲竟然開始唱起一首王傑數年前的舊歌　歌名很長還帶有愚蠢的轉音　舞台上燈光一亮起　台下即開始鼓譟喧嘩　只看見大量的瓶罐垃圾扔向王菲　兩分鐘之後　王菲在倉皇之中離開　（飛奔而過之時還掀起一陣強勁的風）臨去之前　緊握我的手　要求能否為她唱完最後的一遍副歌　還來不及等我回答就匆匆離去　我遲疑了一陣　決定幫這個忙

1　4　0

最後一遍副歌並不太難唱　　愚蠢的轉音少了點　　Key也剛剛好　　只是
下面的觀眾早追打王菲去了　　場面十分無聊　　混亂中還被王菲弄掉幾
顆了閃亮的不知名的小東西　　然後在沮喪中醒來

這就是關於王菲的夢

我堅持不讓任何主持人或專家分析這個夢　　當然希望有一天這個夢可
以變得稍微模糊一點　　我唯一不明白的是：

那麼圓的臉配上油頭加上蝴蝶髮夾　　實在不像是王菲的作風

十八歲那年我十分確定　　往後的日子將保持一種只穿全

白 T 恤　　牛仔褲和白色球鞋的形象　　全白的 T 恤之間只有新舊之分

有幾件洗壞線都歪了　　仍舊無損我對白 T 恤的看法　　球鞋也白　　每

個週末都用來不及用壞的牙刷仔細刷乾淨　　半乾上一層白粉　　看起來

比新的還要做作的新

大二那年我更加確定　　往後的日子我將保持一頭及腰的長髮只穿皮靴

夏天也是喔　　頂多在上課時用原子筆把頭髮盤起　　還是穿長筒皮靴

奇怪倒也不覺得熱

最近只愛穿背心　　各式各樣的背心　　就是覺得背心特別舒服　　特別

好看　　手啊背啊　　脖子都感覺涼涼的　　冬天也愛穿背心　　外面加件

皮衣或長大衣

也曾經非常確定自己不會喜歡咖啡　　不輕易露出腳趾　　要立大志做大

事　　永遠是處女...

昨天一個親吻等於一個承諾　　今天一個親吻變成一個玩笑　　到了明天

一個親吻就只是一個親吻罷了　　要怎麼留住一個擁抱呢？　　如果鬆開

了就感覺冷　　最近總是這樣　　連坐著這麼近距離的看都想到寂寞

然後你說要給我一種永恆　　彷彿點了一客下午茶　　我吃了　　上了幾

次廁所

其實你正閱讀的書它不該是一本書的　　不該是它而是它們　　它們全是

一堆紙　　有的帶有咖啡的香味遺落在東區　　有的是香蕉沐浴乳的味道

全讓水打濕了　　總之它們好像被我陷害了　　我又不打算負起什麼責任

希望自己像超人　　總是確定該穿什麼衣服　　做什麼事　　不該寫什麼

書的

感　謝　小亦
　　　　老公

國家圖書館出版品預行編目資料

還好陳珊妮的書／陳珊妮作．初版
　　　台北市：商業周刊出版：城邦文化發行

　　　1999〔民88〕
　　　面：16.5cm×21cm

ISBN　957-667-416-6〔平裝〕

855　　　　　　　　　　　　　88010265